P I N Y I C U L T E R

U0133981

[目 录] contents

青铜匜·战国

品逸文化公司藏

品寶笈精萃 掇盛
世遺珍 藉古以
鑑今 溯源而開新

PIN BAO JI JING CUI DUO SHENG
SHI YI ZHEN JIE GU YI JIAN JIN SU
YUAN ER KAI XING

品逸文化
PIN YI WEN HUA

桓伊的笛声

Yi tan zhi zhi
pinyi culture
文 / 朱良志

中国传统艺术论强调，艺术如果要有深度，需要有人生感、历史感和宇宙感。真正的艺术创造就是一种对话，在独立境界中的对话，与自己的真实生命对话，与历史老人对话，与天地宇宙对话。八大山人的作品就体现出这样的特色。

八大山人晚年杰作《安晚册》（今藏日本京都泉屋博古馆）中有一幅画，画一巨石，没有险峭危殆的感觉，倒是笔势轻柔，圆劲可爱。略向右，画小花一朵，向石而倾斜，竟然有拜倒之势。二者一大一小，相互呼应，趣味盎然。八大题有一诗："闻君善吹笛，已是无踪迹。乘舟上车去，一听主与客。"八大画的是晋人王子猷（王羲之之子）的故事。子猷有一天出远门，舟行河中，忽听人说岸边有桓伊（子野）相过，桓伊的笛子举世闻名，子猷非常想听他的笛子。但子猷和桓伊并不相识，而桓的官位远在子猷之上，子猷并不在乎这一点，就命家人去请桓为之奏乐。桓伊知道子猷的美名和情性，二话没说，就下了车，来到子猷身旁，为他奏了三只曲子，子猷静静地倾听。奏毕，桓伊便上车去，子猷便随船行。二人自始至终，没有交谈一句话。这个美妙的故事，后来被改编为著名的古曲《梅花三弄》。今天，听着这样的曲子，想到八大山人绘画中的巨石和小花的对话，真觉得漫天飘落的梅花清魂，在心中氤氲。

八大山人非常倾心于这样冥然印合的心灵境界。在这里语言遁去了，权势遁去了，利欲遁去了，一切人世的分别都遁去，没有了虚与委蛇，没有了假情假意，只有两颗灵魂的絮语。人生活在世上，拘牵太多，惟有人内在的生命冲动，才是真实的，宝贵的。没有这意兴，生命将失去颜色。雪夜访戴的王子猷不是说过“乘其兴而来，乘其兴而去”的话，我们的邻邦日本就是以“雪月并明思友时”（白居易诗）来熏染他的子民，拓展人们的艺术心胸。其实，空洞化仪式化的存在，是一种非存在。在王、桓二人不交一言的境界中，音乐穿越两颗灵魂，意兴为之感动。在八大这幅作品中，僵硬的石头为之柔化，那朵石头边的小花，也对着石头轻轻的舞动，似乎在低声吟哦。

八大山人这幅画，表现的是人的对话和交流。从八大的一生过程来看，他缺少的正是这一点，他画的是他生命深层的呼唤，呼唤人与人拆去藩篱，能够真正的交流。八大一生命运坎坷，年轻时国破家亡，无奈遁迹佛门，隐忍苟活。很长时间里过着屈辱的生活，八大患有癫疾，在一次癫病复发后返回南昌时，他戴着破帽，曳着长袍，履穿踵决，拂袖翩跹，行于南昌街头，市中人围观哗笑，没有人认识他。晚年他孑然一身，寄人篱下，潦倒于破庙败庵之中，在萧萧满目尘土的窝居中聊以为生。他真可以说一位孤独的画家，由于身患痼疾，说话不方便，一生很长时间“哑于言”。更何况他常常破帽遮颜，隐藏自己的身份。身体之故，使他不能与人正常沟通；家世之故，使他不敢与人沟通；还有他的独特的灵性，使一般人又无法与之沟通。八大山人是一位旷世奇才，他的卓绝的悟性和对生命深邃的认知，使得一世之中很难有几人能懂得他的所思所想，一直到今天，八大山人都可以说是一位被误读的天才。想到这种种因缘，再回过头看八大这幅轻柔的作品，真有不忍卒看的感觉——一个被世界抛弃的人，一个孤独者，渴望与人交流，渴望被理解。

清　八大　荷花小鸟图

生活的孤独，成就了他独立的情怀。我曾在有关研究中说，倪云林的艺术妙在冷，石涛的艺术妙在狂，而八大山人的艺术妙在孤。独立意识，是八大作品中最动人的清响。八大的孤独不是孤苦哀怜，也不是孤高自傲，而是独立不羁的心灵境界，是独与天地精神相往来的情怀。他在孤独寂寞之中，寻求真实生命的交流——与自己的心灵对话，与宇宙的真意对话，与生命的理想对话。你看他画的那只小小的鸟儿，轻轻地落在

清　八大　巨石小花图

一枝荷枝之上，神情幽眇，意态闲适，哪里有一丝恐惧与忧伤，却有平宁和怡然。他在享受这个世界，他在与这世界轻轻地絮语。

艺术就是一种对话，因为需要表达，需要交流，所以有了艺术语言。人生活在世界中，樊笼无往而不在，外在阻隔如影随形，可以说，每一个人都曾有过孤独的感觉。艺术家具有敏感的心灵，对此体验就更为深刻。他们托芳心于艺术，其实就是借此而倾诉。艺术说到底，就是孤独者的对话。孤独的心，其实是一颗真实的心，这样的心灵可以高蹈乎八荒之表，抗心乎千秋之间，与浩荡的宇宙相与优游；可以邀请千古之人于座前，款曲对谈。清代画家恽南田说：“《雍门琴引》云：‘须坐听吾琴之所言。’吾意亦欲向知者求吾画中之声，而知所言也。”绘画是颤抖的心灵中传出的妙声逸响，寻求为知者所会。南田对艺术的“倾诉”特性理解极深，我们看他的几段题画跋。

他有一则题画跋说：“铜檠燃炬，放笔为此，直欲唤醒古人。”这是何等的气势、何等的心胸！临摹古人作品，不是学其形式规模，而是与其对话，微妙的慧心，穿透寂寞的时空，照亮了董巨倪黄等的世界。一时间，这些大师们生命的慨叹、美丽的忧伤、人生的怅惘，都一一在眼前跃现出来。放笔独往的艺术家，点起了一盏生命的慧灯，照亮了时空的穹宇，照亮了一颗颗寂然的灵魂，连接着时空阻隔的精神世界。这真像禅宗所说的，一灯能除千年暗；又像心学家王阳明所说的，我未来看花时，花与我归于寂，我来看花时，则一时明亮起来。在光明的境界中，我向千古的友人倾诉，如潇潇的春雨，如潺潺的流水。南田在评价黄公望时说：“子久以意为权衡，皴染相兼，用意入微。不可说，不可学。太白云：‘落叶聚还散，寒鸦栖复惊。’差可拟其象。”南田在对话之中，将黄子久寂寞无可奈何的心灵境界呈现出来，是子久的，也是他自己的。不可说，不可学，却可以心相会，两情依依。

对这种艺术理解，南田更有妙语：“群必求同，同群必相叫，相叫必于荒天古木，此画中所谓意也。”看到大师的作品，使我感到“群”——唤起人似曾相识的感觉，所谓“弦弦掩抑声声思，似诉平生不得志”，是这样的似曾相识，那是我心中所思，我口不能言，它代我而言之，唤起我的共鸣，唤起我与之共往的情怀。而“同”则是妙然相合的境界，“群”是一种有意识的情感取与，“同”则是落花无言中的印合，是“我欲与之归去”的心灵呼声，是两颗灵魂的絮语。此时此刻，我忘记了自己的所在，消解了我和对象之间的界限，心灵随对象的节奏而旋转。所以有“叫”——叫是一种灵魂的震撼，画中的意使我癫狂，我在画之意中癫狂，我使画意癫狂。南田先生似乎还嫌不够，他说“相叫必于荒天古木”，创造了一个境界，似乎要把我们灵魂都要炸出。我们想象在荒天古木中，四际无人，空山荒寂，一人奔跑其中，对着苍天狂叫，斯境也有斯人，斯人也有斯境，真是万古唯此刻，宇宙仅一人！

不仅是绘画，其实真正的艺术都是一种对话。三千多年前，伟大的音乐家伯牙随老师成连学琴，学了三年，以为自己学到了真本领，老师说：“这还不够，不如让我的老师来教你吧。”他将伯牙带到海边，在一个松树下，成连让伯牙等候，他去请老师。伯牙在这里等啊等啊，就是不见老师以及老师的老师来，他看着茫茫大海，放眼绵绵无尽的山林，不由得拿起琴来弹，琴声在山海间飞扬，在天地间飞扬。他忽然明白了老师的意思——成连所介绍的这位老师就是天地宇宙，音乐不是简单的艺术，而是与天地宇宙对谈的工具，他向着茫茫大海诉说着寂寞，向着苍苍山林传递着忧伤，这时，他与天地之间的界限突然间无影无形，他像天地间的一只山鸟，陪着清风，沐着灵光，自在俯仰。

南朝宋山水画家、音乐家宗炳

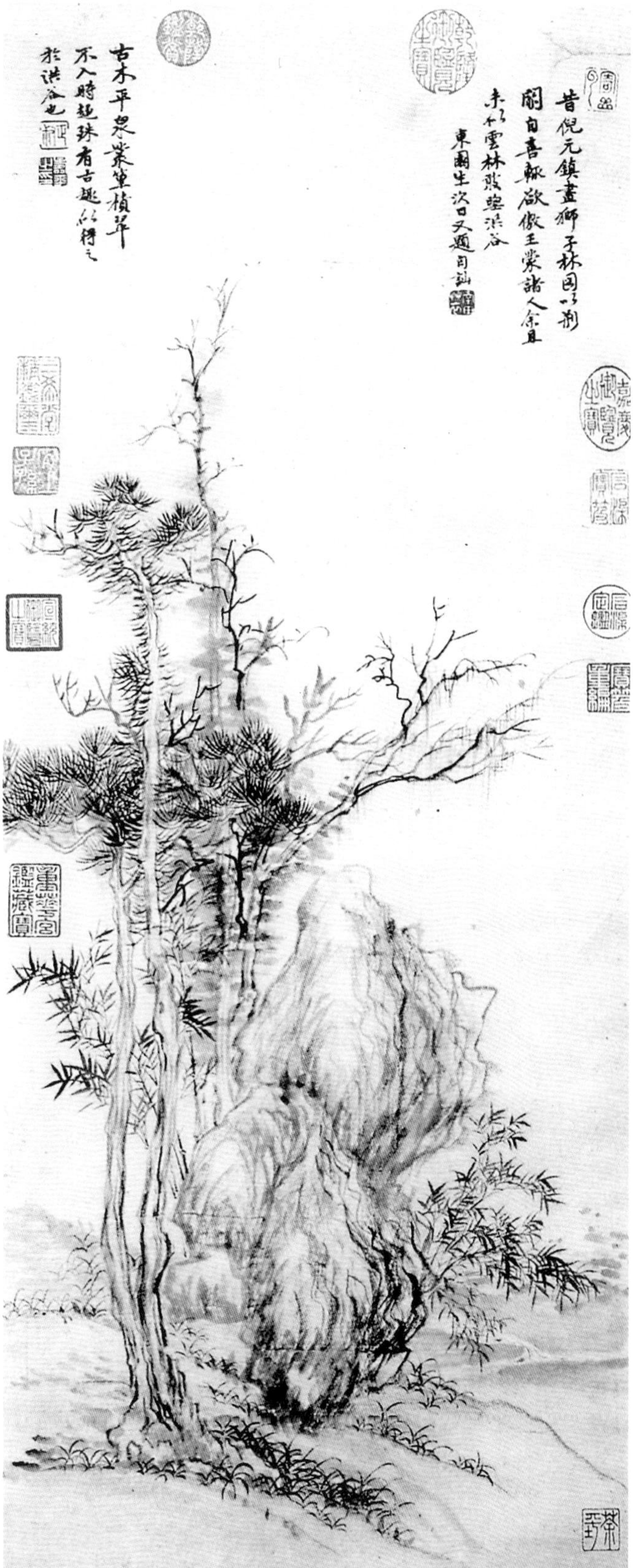

清　恽南田　仿倪瓒古木丛篁图

说：“抚琴动操，欲令众山皆响。”拿着一把琴，在山间的清泉旁，轻轻的拨弄，弹着弹着，便忘记了自己的所在，忽然觉得群山都回响着这悠扬的琴声，自己完全融到天地之间。众山为之而响，天地为之而响，弹得山高地阔，群花自落。清人蔡小石谈词境，与宗炳的音乐之谈如出一辙：“夫意以曲而善托，调以杳而弥深。始读之则万萼春深，百色妖露。积雪缟地，余霞绮天。此一境也。再读之，则烟涛澒洞，霜飙飞摇。骏马下坂，泳鳞出水。又一境也。卒读之，而皎皎明月，仙仙白云。鸿雁高翔，坠叶如雨。不知其何以冲然而澹，翛然而远也。”好的词，给人的感觉，不仅是疏影横斜、暗香浮动的美的牵引，更是神摇魄动、性灵高举的感动。

最近我读中国古代石谱著作，其中一句“千秋如对”的话，给我极深的印象。一拳顽石，允为清供，人们与之朝夕相对，如同一位对谈的友人，非懂石懂艺者不能道此。中国文人爱石几近于痴，不是爱它美的形式，石是不美的，甚至可以说是丑陋的，苏东坡说：“石文而丑。”郑板桥说：“一‘丑’字则石之千态万状皆从此出。”顽拙的石，是一面镜子，照出人的生命影像，玩石，其实是玩味自己的人生，天怜爱山欲成癖，特设奇供慰寂寥，石是用来慰藉灵魂的。玩石，更是与石交谈，在交谈中确定自己的生命方向。

“石令人古”，明文震亨的这句话是中国赏石理论的重要论断。我们说“海枯石烂”，意思是不可能的，石代表一种不灭的事实，中国人形容朋友交谊深厚叫“石交”，就是形容其始终不渝的特征。唐代平泉主人李德裕诗云：“此石依古松，苍苍几千载。”石从宇宙洪荒中传来，代表的是莽莽的过去。一拳顽石，经千百万年的风霜磨砺，纹痕历历；经千百万年的河水冲激，玲珑嵌空。天地变化，造化抚弄，创造出千奇百状的石。中国人玩石，惊造化之鬼斧神工，更重要的是打通了一条无垠的时间通道，那隐约的孔穴，如同是观宇宙永恒的眼睛，浪淘犹见天纹在，一石揽尽太古风。

相对于永恒的坚固的石，人的生命是如此的脆弱，如此的短暂。石者，永恒之物也，人者，须臾之旅也。人面对眼前的奇石，如一瞬之于永恒，一片随意飘落的叶之于莽莽山林。“坐石上，说因果”，这个很有趣的说法，所触及的恰恰是一个沉重的话题：人的生命的无常。人们面对石，可以“观万物之无常，觉时之倏来而忽逝者也”（李格非语）。人与石，判隔在瞬间与永恒之间，人们将其糅合在一起，并非证明人的生命的渺小和柔弱，而是在石的永恒中寻求超越。就像苏轼有诗云：“君看岸边苍石上，古来篙眼如蜂窠。但应此心无所住，造物虽驶如余何？”当下的人与石千古相对，在迁灭中见不迁之理，在无常中见恒常之道，不可把握的生命，在石的永恒力量中得到启发。在精神上挣脱因果的罗网，畅饮生命的惠泉。百仞一拳，千里一瞬，天地一片石，万古一刹那，人不出户庭，心可横绝广大邈远，挣脱现世的执著和羁绊。

八大山人《巨石小花图》中的石，就是这样的对谈者，一个听我倾诉的友人。因为有桓伊的笛声穿过，寂寞的世界也为之而阔朗而灵动。

北宋　佚名　骑士猎归图

南宋　佚名　瓦雀栖枝图

元　赵孟頫　竹石图

北宋　张激　白莲社图卷(局部)

明　沈周　东庄图(之一)

明 陈淳 墨花册（一一二）

清　弘仁　山水册之一

清 八大 荷石图

清　梅清　黄山图册之十九

论道一家言

gu ren san yi
pinyi culture
文／姚最等

续画品　南陈/姚最

萧贲。右雅性精密，后来难尚。含毫命素；动毕依真。尝画团扇，上为山川，咫尺之内，而瞻万里之遥；方寸之中，乃辨千寻之峻。学不为人，自娱而已。虽有好事，罕见其迹。

画继　南宋/邓椿

始建五岳观，大集天下名手，应昭者数百人，咸使图之，多不称旨。自此之后，益兴画学，教育众工，如进士科，下题取士，复立博士，考其艺能，所试之题，如“野水无人渡，孤舟尽日横”，自第二人以下，多系空舟岸侧，或拳鹭于舷间，或栖鸦于蓬背，独魁则不然，画一舟人，卧于舟尾，横一孤笛，其意以为非无舟人，止无行人耳，且以见舟子之甚闲也。又如“乱山藏古寺”魁则画荒山满幅，上出幡竿，以见藏意；余人乃露塔尖或鸱吻，往往有见殿堂者，则无复藏意矣。

书画鉴影　明/吴宽

右丞诗云“夙世谬词客，前身应画师”，盖自道也。右丞与李、杜抗行，画追配吴道子，毕宏、韦偃弗敢平视。至今读右丞诗者则曰有声画，观画者则曰无声诗。以余论之，右丞胸次洒脱，中无障碍，如冰壶澄澈，水镜渊渟，洞鉴肌理，细现毫发，故落笔无尘俗之气，孰谓画诗非合辙也。

鲁氏墨君题语　明/鲁得之

大小老稚，叠叶丛条，要得左右阴阳向背浓淡之理。行干布枝，宜先看画地之长短广窄，尤要得势。疏处疏，密处密，整中乱，乱中整。虽曰匠心存乎人，运指不逾矩，然必意在笔先，神在法外。白香山题画竹句云："举头仰看不似画，侧耳静听疑有声。"则得其意；若苏玉局所云：每每精透有味，其集中多题此，检而熟思，功可过半。总之情理势三者已具，趣韵自生。

履园画学 清/钱泳

故凡古人书画，俱各写其本来面目，方入神妙。董思翁尝言："董源写江南山，米元章写南徐山，李唐写中州山，马远、夏圭写钱塘山，赵吴兴写笤霅山，黄子久写虞山是也。"余谓画美人者亦然。浙人象浙脸，苏人象苏妆，或各省画人物者，亦总是家乡面貌，虽用意临写，神彩不殊。盖习见熟闻，易入笔端耳。犹之倪云林是无锡人，所居祗陀里，无有高山大林、旷途绝巘之观，惟平远荒山、枯木竹石而已。故品格超绝，全以简淡胜人，即是所谓本来面目也。

传神秘要 清/蒋骥

凡人有意欲画照，其神已拘泥。我须当未画之时，从旁窥探其意思，彼以无意露之，我以有意窥之。意思得即记在心上。所谓意思，青年者在烘染，高年者在皱纹。烘染得其深浅高下，皱纹得其长短轻重也。若令人端坐后欲求其神，已是画工俗笔。

溪山卧游录 清/盛大士

画有三到；理也，气也，趣也。非是三者不能入精、妙、神、逸之品。故必平中求奇，纯棉裹铁，虚实相生。学者入门务要竿头更进，能人之所能，方得宋元三昧，不可少自足也。此系吾乡王司农论画秘诀，学者当熟玩之。

颐年论画 清/松年

以笔墨运气力，以气力驱笔墨，以笔墨生精彩。

初学则有嫩气，久久则苍老，苍老太过，则入霸悍，必须由苍老渐入于嫩，似不能画者，却处处到家，斯为上品。

明　文嘉　石湖秋色图

闲坐与友人论画赋诗以勖诸君，宁有稚气，勿涉市气，宁有霸气，勿涉野气。善学古人之长，勿染古人之短，始入佳境。再观古今画家，骨格气势，理路精神，皆在笔端而出，惟静穆、丰韵、润泽、名贵为难。若使四善皆备，似非读书养气不可。

禅僧画家及其周围绘画

gu ren san yi
pinyi culture
文 / 户田祯佑

不言而喻，主张“不立文字”的禅，断然地否定了用语言去把握世界，绘画在这方面与之一脉相通，它不是用“语言”，而是试图通过“形态”来把握这样的世界。作为人类的思考即认识世界的手段，语言并不是唯一的，这只要看一看人类对于伴随着人类历史的发展而发展的古老造型艺术历史的尊崇便可明了。与艺术或宗教关系密切的人们，常常注意到过分拘执于理论的情况下语言的无效性。在这种场合，语言对于把握、穷尽丰饶世界的一切显得何等地贫弱无力！在中国，书与画相对于其他造型艺术诸领域被格外地看待，也许正因为通过书画的一致性与世界息息相通的秘密，更加直接地显现、评价了这种秘密。根据这一点，可以认为禅是一种特别地亲近于浓于主观性的“逸”格绘画的宗派。因此，图像学知识的获得也好，画面题赞的文字解释也好，唯有体悟到与禅宗相联结的美术的造型意味，才有可能理解它的精义，因为，既然它是作为造型作品而提出来的，所以理应优先考虑它的造型意义。然而，对于与水墨技法相结合的禅宗余戏作品，在作为其中心内核的宗教神秘性之下，人们往往将它们想象成一群实体不分明的“禅宗绘画”。在随意使用这一术语的时侯，容易导致“美术”中造型意味的淡化而染上从属的性格。

此外，如果作家的身份是神僧，以作家的社会立场为分类的基础而将其所创作的作品命定为“禅宗美术”，这更不是一个有效的方法。比如说，比较元代禅僧雪窗与士大夫赵子昂一派的“兰”画，即使在双方之间呈示了“禅余画”与“文人画”的区别，至少从美术最本质的样式观点即作品本位的观点而言，这种区别几乎没有任何意义。两者之间在坚实的画风上有着紧密的联系，比较御物雪窗笔《兰竹》四幅与上海博物馆所藏赵雍笔《兰石图》，便能一目了然。因此，我们在使用“禅余绘画”这一术语之前，必须将中国绘画中的禅及其所具有的意义从绘画本身中抽象出来。既然它始终贯穿着造型的要素，那么，前文所述的绘画主题或图像，以及作者的社会身份之类，便理应从讨论的对象撇开不论。那么，造型的禅又是怎么一回事呢？

所谓禅宗绘画的轮廓无法界定，而且，在试图俯瞰所预想的究竟是什么样的实体的领域时，一批构成不分明影像（image）的内核的特色鲜明的作品首先映入到我们的眼帘。那便是挂在无准、率翁、门无关、胡直夫、李尧夫等作者名下的禅宗主题的人物画，将这一批作品与智融的“罔两画”联系到一起是岛田修二郎氏的一大功绩。被拟定为这些作品的作者的上述诸人，无不是谜一般的人物，有的传记不明，有的虽然明知他是禅僧却无法弄清其创作绘画的事历。而且，在这些画面上，大都题有南宋后期著名禅僧的画赞，不难想象，这些作品都是在与禅家息息相关的环境氛围中创作出来的。

从传禅月作品、传石恪作品以及文献记载所能想象的唐末、五代逸格水墨画的狂肆画风，足以窥见画家对于画布、颜料、墨等材料以及旋律（法motif）形态的暴力性支配与浪费。以此为源头，虽然继承了其“逸“的精神，却由激烈的泛滥和浪费一变而为几乎达到造型艺术形态本身自我取消的“罔两画”的惜墨如金，作为水墨画范畴中的运动来看，可以说是走上了另一个极端。狭义地解释“逸”，也许指将粗笔变为泼墨的作风；但是，“逸”的本来性格却理应蕴涵着无限的可能性。罔两画的描写形式虽然归属于“逸”格人物画的系统，但它几乎否定描写本身的性格并不能从这一样式的系统导出。它是更加广义的“逸”的解释结果，这一广义的逸格正宗，实际上正是促使了禅余墨戏盛行的绘画中的禅的要素。现在需要探究的是，这种禅的要素在作为具体造型理念加以观照的场合又是怎么一回事？也许可以认为，“逸”格的正宗就是企求摆脱绘画中一切表现手段的自由性。

初期泼墨画的确凿遗品今天已经看不到了，但是，关于这方面的文献记载对于呈示其制作的行为，却具有与作为制作结果的作品同等的意义。特别是王洽、张志和、顾生等醉酒狂躁的创作活动，更被热情洋溢地津津乐道。因此可以认为，在本质的意义上，即在认为画画的行为本身中包含了目的这一点上，它们与行动绘画具有近似的性格。与此同时，在这一行为中还极端地轻视支配了绘画物质性一面的画布、墨、颜料等画材以及世界的具象形态，而认可了超越性。这种超越性与水墨画中本来就具有的脱离彩色画颜料物质性的要素有微妙的联系。作为唐末、五代狂躁画风的典型例证，前文所述禅月样水墨罗汉或石恪的作品最能说明问题。以传石恪的作品为例，大体上还是可以窥见画家倾注于主观表现而无视物质侧面的态势；但是，饶有讽刺意味的

五代 石恪 二祖调心图

是，不拘其竭尽全力以征服素材的意欲，作为画材的墨的物质性性格反而获得了鲜明的凸现。在这里，由于画家的描写而奇妙地、栩栩生动地呈露出运笔的痕迹、墨色的浓淡等等。虽说这是用笔的速度、节奏（rhythm）使然，但同时它作为“物”而获得表现却可以看作是墨这一素材的一个本质。于是，尽可能地远离墨作为“物”的重要性的尝试应运而生，也就并非不可思议。尝试的极端之一便是罔两画作风的成立。初期水墨画所尝试的对于物质性支配的超越以及对于自由的企求，至此成为消灭绘画自身形态的尝试，这是画家对于主观超越的争取。

也许可以认为，“造型”范畴中的极端尝试确实只有在禅宗的环境里才有可能。而且，如果推进这种物质性超越的理论，绘画将到达什么也不画的境地。实际上，北宋后期的苏轼诗中已经论证了作为人类想象力自由活动场所的“白纸绘画”的优越性；另一方面，在江户时代的禅林，由仙厓等所创作的只有圆形、四角形、三角形单纯形态的作品，其意图不也同罔两画的尝试冥符巧合？水墨画从其摒弃色彩、选择了单色世界的时候就具备的本质性格之一，便是对素材的制约并在制约中发现更大的自由性；不久，仅仅摒弃色彩已经不能再满足这一性格，于是进而要求墨的自身运用的限制，并从水墨画的方向逸脱开去。支配了这一发展趋势的便是广义的“逸”，它具有所谓“积极否定精神”的性格。另一方面，在具体描写技法中所表现的狭义的“逸”仅止于衣纹线描的率略，未免相形见拙；但是，它在限定的范畴内产生无数的变化，这种变幻的自在性依然与广义的“逸”保持着经常的接触。

作为造型艺术的绘画这种不异走极端的冒险，唯有在偏离传统绘画观支配的禅宗界才有可能兴起。在这周围，充溢着逸格水墨画与禅林的新近性，尽管如此，从初期逸品画风到南宋罔两画的谱系仍一以贯之，在这其间的贵品可以说已荡然无存的今天，实在是一个不可避免的轻率飞跃。但是，如前文所指出的，传禅月或传石恪作品颜貌精细、衣纹率略的画法，尽管其实际的制作年代与罔两画群相去不远，但仍可认为它们负荷了古老的传统。因此，“逸”作为先行于罔两画、又影响了罔两画的画风，足以暗示两者的关联。换言之，其浓墨衣纹的强烈表现必然地转换成为若有若无的淡墨痕迹，与人体素描（法dessin）密切相关的具体画法告诉我们，当它每一次定着于画面之时便对变化产生了极端顽强的影响，而且，即使另一方面还有着高迈的“逸”的理念，但作为绘画使之具体化之时，却不得不依赖于既有的形式化、“矮小”化的“逸”。其颜面的描写在传石恪作品中看不到的一个特色，是前述用淡墨晕染头发和须髯的表现手法，也许这正是罔两画一个新尝试。基于笔线的表现，淡墨晕染的阴影一变而为罔两的影像。但是，不拘超越罔两画本身材料性的意图，同传石恪画一样，在这里再次公然地呈露出材料的本质。表现头发、须髯的淡墨晕化，在任何一件作品中都滔滔雄辩地倾诉着作为“物”的纸质的性格，以及同样作为“物”的干擦于纸面的墨的效果。也就是说，企图使用绘画摆脱材料的尝试，其结果将是最本质地显现出材料的性格。正因为如此，所以水墨画对于绢、纸、墨等材料的使用富于纤细的神经质敏感，基于否定材料的水墨画发生期的“机械论”（mechanism）考虑，也许可以认为这正是一种“否定之否定”吧！

正是表现的简约性伴随着材料制限的手法和材料的本质呈露，导致了摆脱材料性欲求的“否定之否定”结果，或许这正是禅在绘画领域的最大收获。这一倾向在禅宗的环境中，在罔两画系统的作品中，表现得特别明确；尽管罔两画在禅宗界达到了极端的发达，归根到底它是一种造型的要素，因此可以认为，基于造型要素的自律性，它理所当然地波及到其他的绘画体裁。

淡墨探花逸韵仙

han xiang pian yu
pinyi culture

文 / 许宏泉

王文治（1730—1802），字禹卿，号梦楼，江苏丹徒（今属镇江市）人。乾隆二十五年（1760年）探花，充翰林院侍读，后出任云南临安知府。能诗，工书法，尤精于行楷，善以侧媚取势。作书喜用淡墨，时称“淡墨探花”、“淡墨翰林”，与当时的翁方纲、刘墉、梁同书齐名。又精音律。有《梦楼诗集》《快雨堂题跋》。《清史稿》有传。

王文治本乾嘉诗坛俊彦，却独以书法名传。诗苑，他或已渐被淡忘，显然这不是他自身所能左右的。诗风日下，风雅凋丧，王文治却以他的传世翰墨瓣香书史近300年。略顾乾隆诗坛，虽已无国初气象，却也有“三家”、“四家”云尔。“三家”者，袁（子才）、蒋（心馀）、赵（瓯北），“四家”者，版本各异，三家外，或增黄仲则，或以张船山，尤以洪亮吉的王梦楼版影响最甚，遂为定论：

乾隆中叶以后，士大夫之诗，世共推袁、王、蒋、赵。（《北江诗话》卷五）

四家诗生面别开，时人议论纷纭，若论才艺之全面，恐怕要数王文治为最，所谓：

落手烟云泼不休，是真名士自风流。一丘一壑皆生趣，仅数京江王梦楼。（方于谷《仿王渔洋论诗绝句四十首》其一）

方虽王氏门人，所论亦非完全“私言”，梦楼诗书风流可谓独立于时代。四家中，王文治与袁枚交往甚洽，自然与他们的审美取向有关。王有诗赠袁氏，句云：

随园白发领风骚，曲对知音调更高。太傅门庭真广大，传经直到郑樱桃。（《梦楼诗集》卷二十四）

随园俨然诗坛领袖，尽管其骚主地位及身而止，乃至身后颇遭诟诽，但其在世之时，蒋、赵、王三家恐怕还是对其表现“心折”不已的。

时人指责《随园诗话》中“艳体侧体太多，殊玷风雅”（尚镕《三

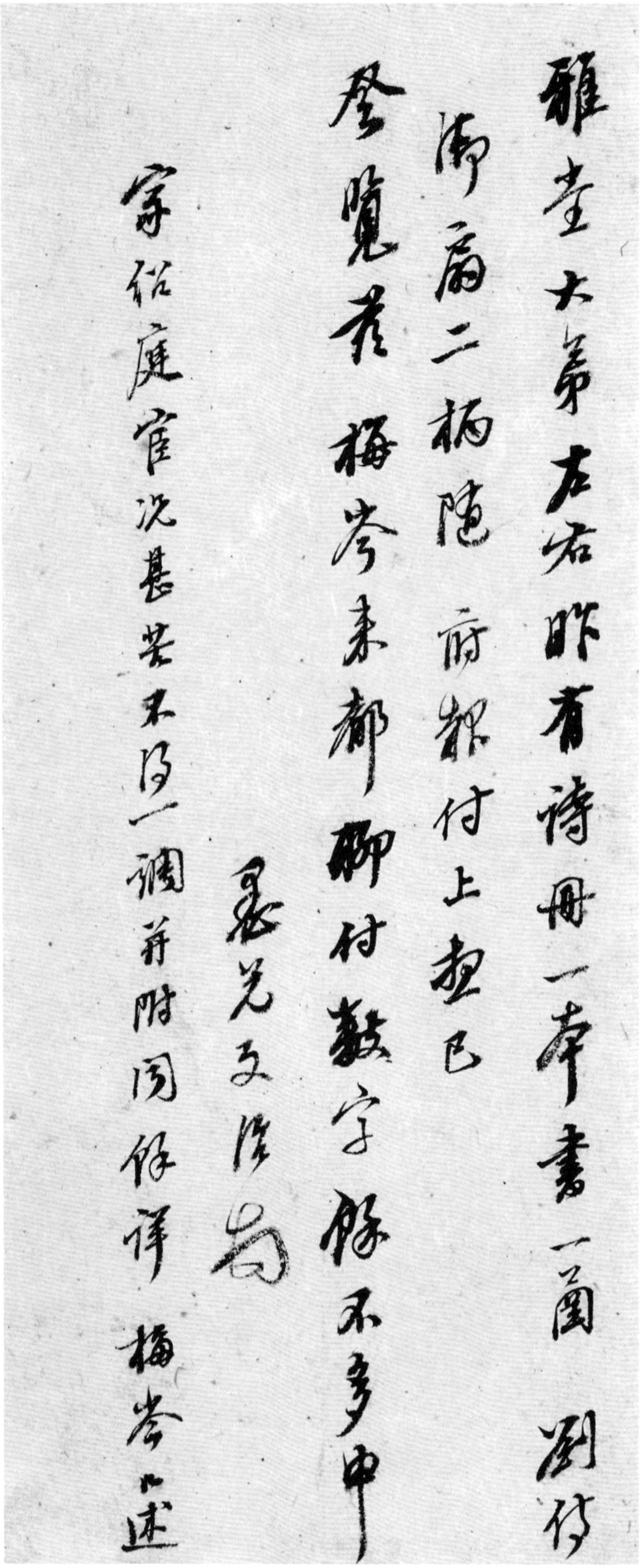

家诗话》），这也与随园老人的一贯生活作风相符，于是，他在文字中自解：

以诗受业随园者，方外缁流，青衣红粉，无所不备。人嫌太滥。余笑曰："子不读《尚书大传》乎？"东郭子思问子贡曰："夫子之门，何其杂也？"子贡曰："医门多疾，大匠之门之曲木，有教无类，其斯之谓欤？"（《随园诗话》补遗卷九）

遂援引梦楼诗句"佛法门墙真广大"云云。可见袁王二人"性灵"相契，意趣同流。

不妨再看《随园诗话》补遗卷二所记：

王梦楼太守，精于音律，家中歌姬轻云、宝云，皆余所取名也。有柔卿者，兼工吟咏。

又补遗卷五称：

京口诗人，皆奉梦楼先生之教，诗多清雅，有世子申生小心清洁之意。高君青士风雅妍静，躭于道教，而性爱吟诗，近亦出余门下。（《过兰若看菊》云云。）

风雅多情是袁、王二人同好，故门人中亦多红颜。最具艳称者要算骆绮兰（字佩香，号秋亭，句容人），佩香初欲拜随园，袁枚谓其不必舍近求远，让她去找王文治。后来，骆绮兰果不负师望，诗名大显著；随园为其作序，颇生怜爱之情。梦楼又作顺水人情，让佩香拜入袁门。同为袁、王门庭女弟子的尚有鲍之蕙（字仲姒，号茝香，鲍皋次女），王文治还曾向正在编辑《国朝闺秀诗》的汪启淑推荐，又向袁枚推荐，希望汪的《闺秀》和袁的《随园诗话》中都能入选之蕙的诗。尚有柔卿女伶，后为梦楼养女，色艺皆工，又王碧云（琼），著《爱兰轩诗选》，皆能瓣香梦楼。

偶读法式善《梧门诗话》，卷四之十九有云：“余题袁子才诗集，有‘万事看如水，一性生作春’之句。”随园见后，寄书称：“此二语真大儒见道之言。昔人称白太傅与物无竞，于人有情，即此之谓，仆亦曾刻‘寡欲多情’四字印，聊以自勉。”试图分别情与欲，恐怕只是一个自欺欺人的说辞罢了。情多即欲，在中国人的意识中多是没有“原罪”感的，他相信通过“修行”可以达到意念中的自由状态，可以“寡欲”也可以“多情”。不同于袁枚的是，王文治平素参禅礼佛，更于诗书求之禅理，如云：

诗有诗禅，画有画禅，书有书禅。世间一切工巧技艺，不通于禅，非上乘也。（《快雨堂题跋》卷六《刘石庵书卷》）

当然，对王文治所笃信的佛法，袁枚表现得极其智慧，不辟不信，偶以戏言一笑了之，如其《戏梦楼》诗云：

梦楼见佛不见我，一望蒲团头欲堕。鄙人见我不见佛，行遍香台不作揖。君不必争佛有，我不必争佛无，只问此中方寸意何如？请看世上尊官贵人亦尽有，我果无所求，则亦视有如无免应酬。（《小仓山房诗集》卷三十一）

对王、袁的生活作风问题，台静农有这样的议论：

奇者他的生活也自成一格，他是茹素事佛的居士，而蓄伎乐，与他同时的毕秋帆相似，却又不像那样的猱杂。随园居士的生活则不然，不懂音声，不事伎乐，只知纳妾，好色自喜。可是他们两人风

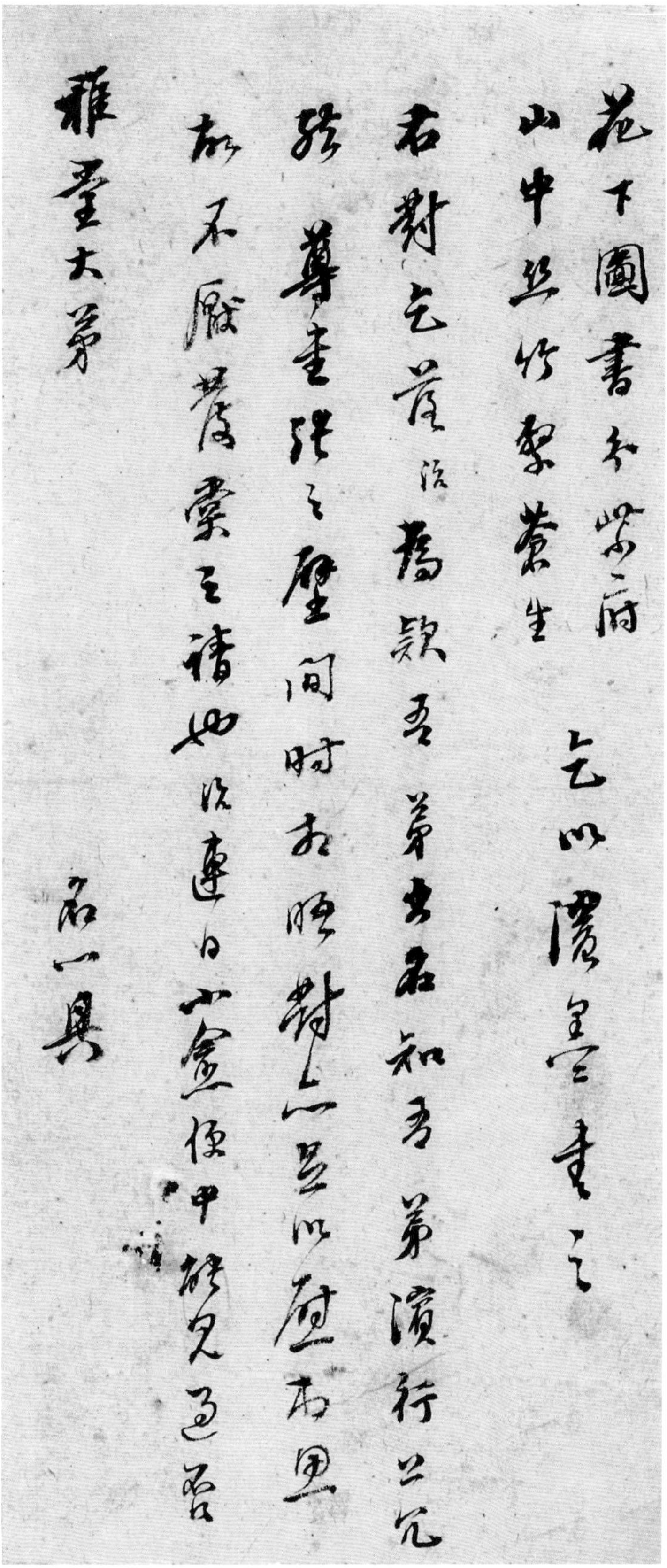

流逸韵，都是被当时文士所仰慕的。（《龙坡杂文》，《随园故事抄》三联书店）

历史往往就是这样，作为诗人的王文治后来竟成为乾隆朝一代书家，与刘石庵、梁山舟、翁覃溪并称“四家”，更与刘墉相埒，所谓“浓墨宰相，淡墨探花”。故有以为“其诗超拔不群，特为书名所掩耳”。（徐珂《清稗类钞》）

事实上，梦楼是一位极有淡泊素志之人，其《答简斋前辈书》称：“治业诗一生，不敢与世士大夫争名，惟自适其意之所欲而已。”这位梦楼先生没有像袁枚那样成为诗坛领袖（尽管这是一位有争议的领袖），却无意成为书坛大家。有学者论其与袁枚的异同：

王文治较之袁枚最大的缺憾是没有写出像《随园诗话》那样借以宣传自己的载体，同时又乏文集传世，他诗歌理论的传播在一定程度上受到了限制。

何况他是一个淡泊名利的人，其禅修之道亦愈老愈精，一副与世无争的心肠，嘉庆之后，甚至连诗都不怎么写了，所以，袁枚卒后，东南诗坛领袖的位子腾了出来，但王文治没有很自然的替补上去。（《探花风雅 梦楼诗·王文治研究》，凤凰出版社）

王文治的书法，一如其诗，散淡隽逸，极其风雅之致。于书学，他是一位彻底的理想主义者，这理想便是二王的风流遗韵，韵在云间，意接梅壑，所书骨骼清秀，风神潇洒，尤能于雅俗间极尽完美，非他人学王书所能梦见。故姚鼐论其：“书与诗尤能尽古今人之变而自成体。”（《惜抱轩集》）用王氏自言“皆禅理也”，其间禅味，实古淡之天趣。王书以楹联传世最多，据李斗《扬州画舫录》（卷三）知，昔维扬城中祠庙、湖上亭榭榜联多出其手。

王文治与鲍雅堂札两通二叶，书法隽永，可谓“秀逸天成”（吴修《昭代尺牍小传》）。释文如下：

雅堂大弟左右：昨有诗册一本，书一函，刘侍御扇二柄，随府报付上，想已登览。兹梅岑来都，聊付数字，余不多申。愚兄文治顿首。

家绍庭宦况甚苦，不得一调，并附闻，余详梅岑口述。

信当写于王氏在京居官时，35岁前。

又一通：

花下图书分紫府，山中丝竹系苍生。乞以浓墨书之。

右对乞落治为款，吾弟书名，知吾弟滨行上冗；然尊书张之壁间，时相晤对，亦足以慰相思，故不厌发棠之请也。治连日小愈，便中能见过否？雅堂大弟。 名心具。

雅堂为之蕙兄长，名之钟（1740—1802），字论山，号雅堂。乾隆三十四年进士，三十八年，入四库全书馆任编校。典试黔、粤，官至户部郎中。在京师，与洪亮吉、吴锡麒、赵怀玉有“诗龛四友”之称（法式善）。著《论山诗钞》十五卷。在里中雅堂与梦楼有“王鲍”之目，王文治有《寄鲍堂三首》，句云：“沧海半生为客久，诗人相得似君难”，可见二人之交谊，又“分明记得齐名约，寂寞谁能身后看”。（《梦楼诗集》）札中言辞亲切，几近“煽情”，却也真挚感人。敝斋旧藏梦楼手书《送鲍雅堂舍人入都》诗笺二页，已转赠友人，诗云：

投绂归来万里遥，名心自笑未全消。玉堂手自栽花处，尚欲烦君护旧条。手把寒山一短筇，为君指点五云浓。会须粗了人间事，未听僧楼半夜钟。

诗收在《梦楼诗集》卷十一。亦多深情之语。

王文治于39岁乾隆戊子之春，回到丹徒，居梦溪之边，筑柿叶山房，自此，日夕诗书为乐，间有甘、楚远游。晚年则流连江南，足迹不出苏、杭、扬州等地。卒于嘉庆七年，享年73岁。据鲍文逵《哭王梦楼先生四首》中记：“闻先生端坐而逝。”骆绮兰作《王梦楼先生二首》，句云：“凄凉辋水庄头月，少却王维便不同。”（《听秋轩诗集》卷六）流水空山，梦楼云亡，骚雅安在，墨韵永芳！

王思任手札赏析

王思任（1576-1646），字季重，号遂东。浙江山阴人。万历二十三年进士。鲁王监国，授礼部侍郎。工画。有《奕律》、《律陶》、《谑庵文饭小品》等。

释文：弟自粤归。尚未得趋候。客装被岭猾抵换。至家发箧茫然。徒有浩叹。除夕知吾兄清甚。敢以不腆代送炭历。向日曾许来青舍助婚。弟不敢失信。聊具五星引意。知兄翁必谅弟也。思任再顿首。

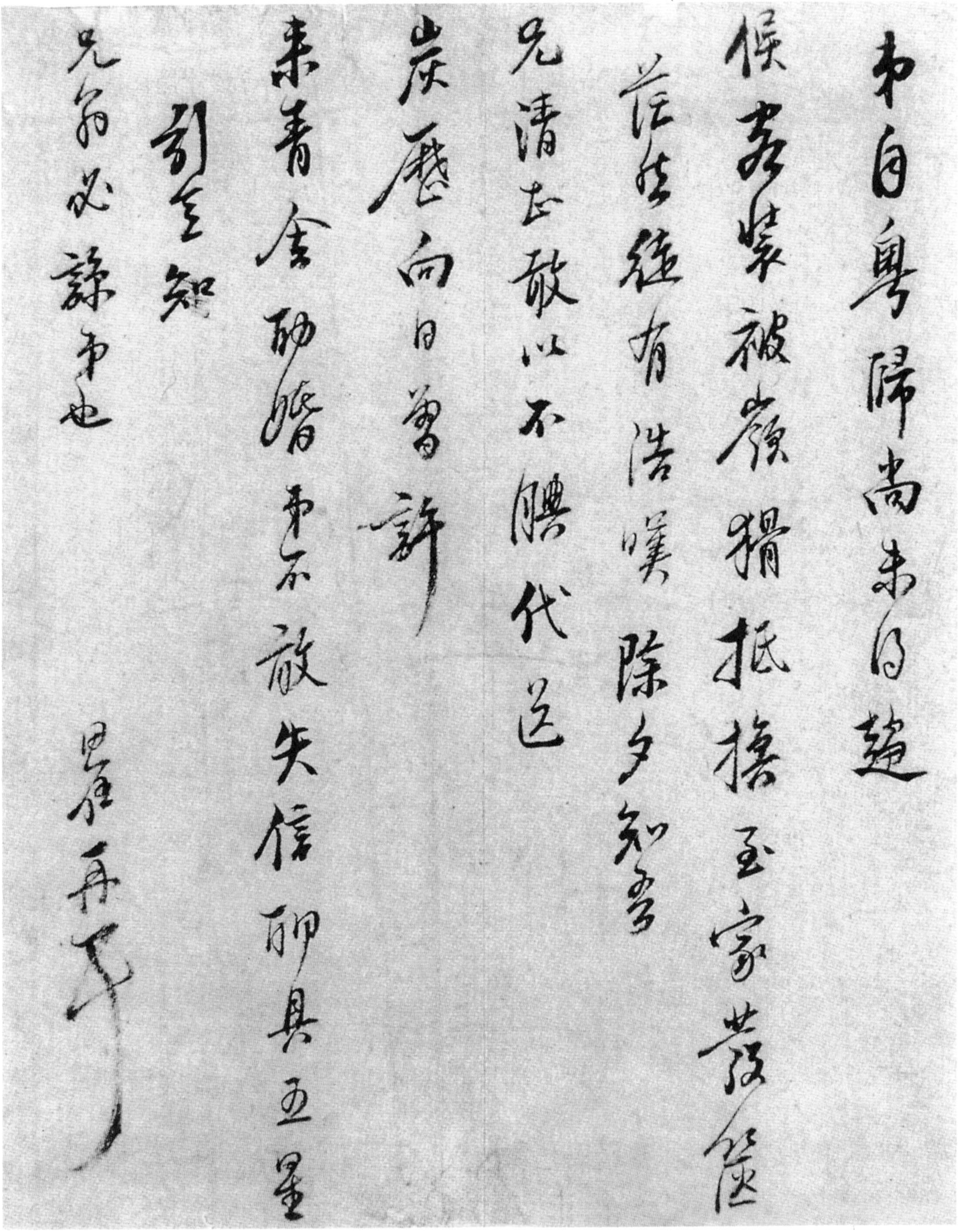

天资妙悟 绘庄严

古代佛像绘画赏析

Pin wei cai zhi
pinyi culture

文/思 言

佛教何时传入中国已难稽考，《后汉书》所载汉明求法的史实，或可证实佛教在汉代已传入中土。千余年来，佛教在与儒、道等本土文化的融合碰撞中，以其博大精深的义理和宽容济世的精神，滋养了中国的文化和艺术，使之蓬勃发展，纵观历代文人士夫，不论世界观、人生观的形成，还是思想、精神的发展变化，绝少有不曾受佛教信仰之浸染的。

从东汉明帝在洛阳建白马寺，命画工图佛，一部伟大辉煌的佛教艺术画卷从此开始描绘。佛画初传，不为当时画家所重，仅是布施、讲经授业的辅助，但对于缺乏知识的下层百姓来讲，丹青绘壁作为一种视觉艺术，无疑又是最好的弘法手段。到三国时期，见过“西国佛画仪范”的东吴画家曹不兴，吸收外来画法，融合传统艺术，创造出了初具中国画风的佛像，于是天下盛传曹法，中国佛教绘画艺术由此开创，曹不兴成为画史上的“佛画之祖”。

此后，佛教绘画以“梵像”、“佛像”、“道释”等名称，作为贯穿整个中国画史的一个独立画科而持久存在。就表现内容而言，它可以分为两大类：一为故事画，包括佛传故事、佛本生故事、经变故事等情节性绘画；一为佛像画，包括佛、菩萨、弟子、天王、金刚、罗汉、明王及高僧等等。前者常见于寺观殿堂、石窟岩洞，是早期佛教绘画的源头，创作者多为一些无名工匠，后者则是传统的卷轴绘画题材，它脱胎于寺观、石窟壁画，但人物常脱离佛教故事情节，有肖像画的形式特点，创作者既有文人士夫，亦不乏民间和宫廷的职业画家，本文所言佛像画正是后者。

历代人物画家，尤其是魏晋时期的画家，皆擅长佛像画，所以《明画录》云：“古人以画名家者，率由道释始。”由于上层统治者的扶植鼓励，佛像画在魏晋南北朝时代渐为兴盛，大规模的建寺造塔、开窟造像、绘制壁画等艺术活动在南北两地竞相展开。魏晋时期相对宽松开放的思想舆论环境，也使社会得以摆脱儒教的控制，许多文人逸士不仅以玄学清谈相标榜，更以精通义理、通晓佛法为时尚。在此文化风气的影响下，许多大画家热心寺院壁画的创作，有些画家甚至归心释门，施身入寺，专事佛像画创作。著名人物画家顾恺之、陆探微、张僧繇皆善画佛像，画史记载顾恺之绘维摩诘像，“有清羸示病之容，隐几忘言之状。”陆探微创“秀骨清像”，神态生动，“令人凛凛，若对神明”。这些外形略带病容、神情生动感人的佛像，人物的内在气质和宗教的精神力量毕现于画面，在浓厚的宗教氛围的影响下，显然画家有着极为深厚的佛教学养，佛像背后不仅饱含着画家虔诚的宗教情感，也折射出创作佛像的强大信仰力量。

不仅上层知识分子画家热心佛教壁画创作，宫廷和民间的创作者们以石窟壁画为创作平台，写就了一部无名的艺术史。敦煌莫高窟、大同云冈、甘肃麦积山、龟兹千佛洞，这些由皇室出资赞助的大规模艺术创作，绘塑艺术瑰丽奇绝、出神入化，给后世以震撼人心的影响，直到现在它们仍然闪烁着灿烂的光辉，激发着艺术家心灵的悟性。虽然这些画家的文化修养和知识水平远不及上层文人，创作也受到赞助人的束缚制约，超然物外的玄远理想并非其艺术追求，但他们却凭借着对佛教信仰的虔诚和热情，发挥天才的艺术想象，突破成规，以极具表现性的艺术形式生动地表达了他们对佛教义理精神的理解。生鲜活泼的造型，浓重瑰丽的色彩、自由洒脱的线条，这些佛像绘画虽不事细节刻画，却生动朴茂，佛家之神性、画者之心性，千余年前的宗教情感透过斑斑驳驳的画壁轻易地触动了我们的心灵。

天女戏弄舍利佛　盛唐　敦煌石窟103窟

南北朝之后，佛像绘画又有发展。隋代以造像为主，但绘画亦取得了很高的艺术成就。展子虔、董伯仁、杨契丹皆是擅名一时的道释画家，宫廷画家尉迟乙僧还从西域地区带来了重视明暗和初具立体感的“凹凸画法”，在艺术表现上为佛像绘画的“中国化”作出了重要贡献。迨至唐代，帝王佛、道并宠，名家从事佛像画创作者，不可胜计，影响最大者，当数“画圣”吴道子。画史记载，吴道子“图画墙壁，凡三百余间。变相人物，奇踪异状，无有同者。”以往画史多言其用笔傅色，有“吴带当风”、“吴装”之称，而从其绘画表现来看，吴道子更是一位极富创新观念的艺术家，以变形手法绘制佛像人物，吴道子实有首创之功。西方只有在20世纪表现主义、抽象艺术出现后，才开始从造型上对人物形象进行实验变形。名家在佛像造型方面所作的创新实践，显然对民间和宫廷绘画产生了积极影响，敦煌石窟壁画对地狱变相、天龙八部、外道、梵僧等的描绘，往往诡异恐怖、情势奇伟，虽夸张变形，却合于佛教故事情景，让人体会到佛教世界的庄严神圣，没有丝毫矫揉造作、牵强附会之感，种种变形饱含着画家对庄严世界的感性想象，浸透着自身对佛教信仰的虔诚情感，是一种对佛理的参悟和表现。

唐人在艺术变形方面的积极探索对后世佛像画产生了积极的影响，唐末五代初，众多的寺院壁画和卷轴画家仍然执著于这种“笔力狂怪、纵横驰突、形制奇古”的佛像画创作，成就最大者当属前蜀画僧贯休，贯休号禅月大师，所画水墨罗汉“状貌古野，殊不类世间所传，丰颐蹙额，深目大鼻，或巨颡槁项，黝然若夷獠异类，见者莫不骇瞩。”从这段文字的描述来看，贯休所画罗汉显然具有许多西域人的形体特征，而形容枯槁、貌若异类等特点，可能也反映了当时许多云游僧、头陀等苦行僧人的一些面貌情状。所以，观之令人骇瞩的罗汉画像，显然并非如贯休所言“梦中得之”，而是他依据现实生活，结合自己的切身体会，选择合适的艺术素材，加以夸张变形的结果。

宋元以降，道教逐渐兴盛，佛教在人们社会生活和精神思想层面上的影响大不如前，大规模的开窟造像、绘制壁画早已不兴，得不到有力的赞助扶植，许多民间和宫廷的职业画家不再从事石窟、寺院壁画的创作，我国佛教壁画艺术自魏晋至唐末五代持续了近千年的辉煌之后，逐渐呈现衰退之势。这种衰败的迹象不仅反映在创作数量的减少上，也反映在艺术表现和造型水平的下降上。随着文人画逐渐占据画坛主流地位，作为一个独立画科的佛像画在卷轴绘画中占据了独特的地位。许多文人画家十分重视佛像画的创作，取得了不俗的艺术成就，宋代画家李公麟长于白描，善写观音，独创白描观音，为后世所称。但总的来看，大部分文人画家并非绝对的佛教徒，创作佛像画更多的是怡情悦性，抒写胸中逸气，而且文人画的书卷气和水墨味也削弱了宗教情感的虔诚和热情。

明清时期，道释画甚为衰败，佛像画逐渐失去了宗教信仰的基础，慢慢成为一个单纯的绘画题材，许多画家既没有高深的佛学修养，也没有寺院生活的体会感受，画佛像不重创新，陈陈相因，一味追求佛像之威仪、罗汉梵像之狂怪，变形诡异陆离，有些佛像近于鬼怪，这种走向歧路的变形，当然不能引起人们的信仰共鸣。近现代佛像画承接传统之衣钵，以水墨和工笔等形式描绘佛像，取得了一些成就。但也应看到，不少佛像画家的佛学修养令人不敢恭维，甚至其对“佛”的虔诚态度都令人怀疑！他们画佛像不重临摹研究，也忽视个人修为的提高，作品既无清静庄严的气质，也无慈悲深邃的精神，缺乏感动人的信仰力量，精神气质和信仰基础极其孱弱。更有“江湖画家”摇身一变，以画僧自居，以一些低俗艳丽的画法，取悦更为低级的佛学票友，欺世盗名，对佛教信仰的蔑视与践踏令人瞠目。这些不良现象都是当前佛像画发展所面临的问题，亟需有识之士的关注。

本文选取的佛像画经典，时代从魏晋至唐末五代，都是各时期石窟壁画的精华作品。它们在材质上与宋元以来纸绢为媒材的卷轴画不同，这种差异使描绘对象在艺术表现上大异其趣，民间艺术家通过自身虔诚的佛教情感和长期积淀的艺术修养，依靠天才的想象力和生鲜活泼的表现方式，以洵丽多彩的壁画艺术阐释了他们对佛教教义的理解。从信仰基础上对当代画坛进行变革，短时期内恐怕难以奏效，我们所做的是追本溯源，将一些本源的东西重新梳理出来，希望借此能够给当下画家在视觉和观念上以有益的启示，思考传统佛像画的本体精神，转变创作观念，以有益于当下的艺术实践。

修行众僧　西魏　甘肃敦煌莫高窟285窟

画面描绘五百强盗皈依佛教后在山中修行的情景，图中五个僧人代表五百强盗。图中物象皆以青、绿、蓝、灰等色彩平涂而成，状如三角的五彩山峰，点点簇簇的青草绿叶，符号化的菩提树，奇妙的块面关系彰显了画面的色彩美感，极富表现力的造型语言将山林之趣、自然之美刻画得如此美妙！在人大于山、不成比例的空间里，树木、花草、奔鹿、竹林……不同时空的物象被作者以超现实的表现手法呈现在一起，竟是如此和谐，这是一种极富想象力的造景！抛开历史的情境，以今天的眼光来看，这种纯粹靠主观性创造的绘画，也值得当下绘画借鉴和学习。

供养人　北周　甘肃敦煌莫高窟296窟

此画画法非常简洁，人物形象主要以洗练概括的线条勾勒而成，用色不多，左侧人物仅见轮廓，右侧人物平涂半边，似乎画作尚未完成，正是这种未完成的画面感觉给人以无穷的意味，画中线描与色块相呼应，对比关系颇为精妙，极富写意性。以往编著敦煌艺术画册者多为考古学家和历史学家，我们所见到的佛像人物，多是一些具有丰富历史信息的典型意义上的人物，其实纯粹从艺术表现形式上来说，佛教石窟中很多画幅很小的供养人更具有艺术的美，简单的几个色块、几笔线条就能将人物刻画得很生动，可惜这些供养人画在一些边边角角，常为人忽视。

天王　隋代　甘肃敦煌莫高窟303窟

这是一幅早期的天王图像，从中可以看出天王形象的本源，从造型特点来看，他们与北朝晚期的武士形象极为接近，两天王腰围铠甲，穿战裙，系披风，戴兜鍪，正是北朝武士的装束。右臂上举，左臂前伸，身体微倾，似为翩翩起舞状，颇具生活情态。但画家在借用生活素材描绘佛像时，作了颇具匠心的艺术改造，天王身前围一飘带，当是佛之帔帛，身后画一红一黑两圆圈，表示佛之项光，手指姿势亦当为佛教印契，这些佛教元素被不露痕迹地添加到武士身上，现实生活中的武士由此被合情合理地引入到了佛教世界，这种自然微妙的艺术经营，显然是后世的天王形象所不具备的，宋元以后的天王画像着重于盔甲之逼真精微，表情之狰狞恐怖，更趋于俗文化，两者有截然不同的表现。

天宫伎乐　隋代　甘肃敦煌莫高窟304窟

天宫伎乐是佛教世界的乐舞人物，常画在佛项光两侧。图中人物纯以颜色直接挥写施色，线条勾描轮廓，色不掩线，线描与色块之间形成动态的呼应关系，色彩伴随着体形起伏而运用变换，虽无人物神态的细节刻画，但几个色块传达出来的画面关系，却令人感觉到人物流畅飘逸的动态。萦绕飘举的飘带，略呈S形的身姿，也成功地烘托出人物翩翩起舞的舞动之势。在圆拱形的画面中，人物造型的动态之美依靠简洁灵动的色块和线条得到了充分展现，从纯粹审美的角度来看，这种简单朴素的艺术语言极具现代艺术的表现力和抽象表达的概括性。

女供养人及侍从　隋代　甘肃敦煌莫高窟303窟

图中绘一主三仆四位供养人，从画面构图和身着大氅、挺胸腆肚的女主人形象来看，此画延续了许多北朝时期艺术的风格特点；而手捧于胸前、腰身拉长的三位侍从形象，则在艺术造型上显露出初唐艺术的端倪，这是隋代艺术的过渡性特点。画面两侧有两行榜题，是画工本人的题记，字迹潦草，兼有错字，显然画工文化程度很低。然而就是这些知识修养不高的画工，却能够画出如此精妙的画来，这是他们处在中国艺术最鼎盛的时期，凭借对美的最直觉感受，才创作出这样的绘画，仅凭技巧是无法完成的，还需要依靠绘画者对艺术最本体的判断。由此看来，伟大的艺术作品往往不是靠一两个伟大的画家所能创造出来的，而是一个伟大时代的产物。

帝释天　隋代　甘肃敦煌莫高窟302窟（上）

此画表现的是一婆罗门从树巅跳下，帝释天伸手搭救的场景。画中人物纯以色彩平涂而成。前景山石以蓝、黑、红等色块表现，与左侧帝释天形象的施色形成协调的呼应关系，在浅灰色树木的对比下，主体人物的活动得以突出，点线面之间的对比关系，也直接拉开了“近大远小”的景深空间，在深浅两种色彩的对比下，画面的重心集中到两个人物上，婆罗门从高大过于山峰的树巅上跳下，帝释天捧双手接住，似乎不可思议，然而正是这种智慧的艺术处理，极为合理的夸张表现了佛家关爱生命、慈悲救世的伟大精神。

文殊菩萨　隋代　甘肃敦煌莫高窟276窟（右）

原画表现的是文殊菩萨与维摩诘诘变的场景，画面中文殊菩萨站立在莲花座上，作说法印，表情平静，背景描绘坡石树木、花草青苔。自魏晋以来，墓葬中不断出现竹林七贤、树下老人等树下人物的图像，这种构图方式可能有共同的艺术渊源，石窟壁画也借鉴了这种图式，但又有新创。画中所绘山林景物已较细致，造型以线为主，着色浅淡，渲染适度，给人以温和清丽之感，颇有文人画的风骨。山坡大树以色线勾勒轮廓，淡青绿着色，花木青苔则以青绿等色攒簇而成，浅淡唯美的笔触描绘出别具意趣的山林景致，含蓄地衬托了文殊神情镇定、从容自如的精神气度。当下不少画家为菩萨造像，然大多庸俗不堪，与隋唐造像之神采有天壤之别，此图当为经典。

女供养人　初唐　甘肃敦煌莫高窟329窟

此图为佛说法画面之局部，女供养人跪坐在方垫上，她上方是一菩萨的莲花座。女供养人肩披帔帛，腰系长裙，方形脸庞，身材修长，这种造型特点与西安地区初唐墓室壁画中所见的仕女非常相像，显示出墓室壁画和石窟壁画在艺术文脉上的一致性。画面上方大团莲花的重色，峭立冷艳，似有压顶之感；画面下方一席坐垫，斑驳灰暗，与上方的冷重色调形成呼应，突出了空白墙体上的主体人物，表情神态更加醒目夺人，给人以极大的视觉冲击。这种冷暖两种色调的强烈对比，以现代人的审美来看，非常有现代感。

菩萨　初唐　甘肃敦煌莫高窟321窟

图中人物高鼻深目，颇有西域人的体形特点，显示出中原与西域地区渊源颇深的文化关联。画面色彩以青绿等重色为主，兼施朱红、白垩、淡黄等色，明艳厚重的色彩感觉是纸绢材质上的绘画所不具备的，由于时代久远，人物身上的白色已剥落反铅，白色氧化成黑色，色彩反差强烈的画面给人一种生猛、陌生的美感，经过岁月雕饰的文化厚重感似乎也欲破壁而出，这种别样的美感和文化张力在某种程度上或许弥补了画面剥蚀的遗憾。

金刚　　五代　甘肃敦煌莫高窟61窟

此金刚形象表现手法简洁有力，淳朴平实的色块、飘逸流畅的线条，描绘出昂扬向上、孔武有力的人物形象，夸张不失理趣，视觉上给人一种合情合理的感受。金刚一手持降魔杵，一手持法轮，表情紧张威严，肌肉浑圆结实，身体的跨步站姿、右臂的挥举动作、飘带的飞动之势，突出强调了这种强劲的力度；整个画像给人一种雷霆般的威慑力量。这种造型的金刚形象与藏传佛教中的金刚造像风格神韵十分相似，一直到元、明、清时期，金刚造型仍然延续了夸张表情、突出力度的传统。但后世也有许多金刚造像姿势动态僵硬，变形夸张近于妖魔化，这是程式化创作的弊病所在，它们失去了佛像绘画的本源精神。

佛　大理　云南晋宁县观音洞壁画

这幅壁画绘制在一个山洞的岩壁上，岩石嶙峋峭立，画家在凸凹不平的壁面上，浅黄色颜料作底子，以石绿、淡赭、明黄等色绘出了岣丽多彩的佛像绘画。由于岩壁色彩剥蚀，佛像人物或漫漶不清，或仅见轮廓，画面呈现出一种朦朦胧胧的艺术效果；石绿色与淡赭色形成强烈反差，在视觉上也与黄色形成跳动的色彩节奏，为平静稳定的暖色调氛围增添了几分冷艳明丽，千年岁月的雕饰，如同鬼斧神工一般，为人们带来了一种极具现代形式韵味的色彩观感。大理是9—12世纪地处西南边陲的少数民族政权，文化上同中原地区联系较少，艺术风格形成了鲜明的地方特色，佛像画艺术也与中原地区有较大差异，纯粹以色彩造型的表现方式，颇富少数民族的浪漫审美特色。

梁山舟论书有三要：天分第一，多见次之，多写又次之。杨守敬以为需增二要：一要品高，品高则下笔妍雅，不落尘俗；二要学富，胸罗万有，书卷之气自然溢于行间。此等论述前人极多，虽然简要，乃命脉所系，余拈出以为座右，与同好此道者共勉。

杨守敬论书云，“若郑板桥之行楷，金寿门之分隶，皆不受前人束缚，自辟蹊径。然以之师法后学则魔道也。惺吾老人晚年语重心长，既说与时人，亦警醒后人，可惜后人不自醒，岂不冤哉。

习中国文化者如能养心，则一生受用不尽，平时能燕居静坐，读书品茗，养心调息，以使精光内敛，待使用之时神采飞扬，精光四射。观名家之作，无不神完气足，异彩竞放，或有狂放之处，亦不过平生养心之故尔。

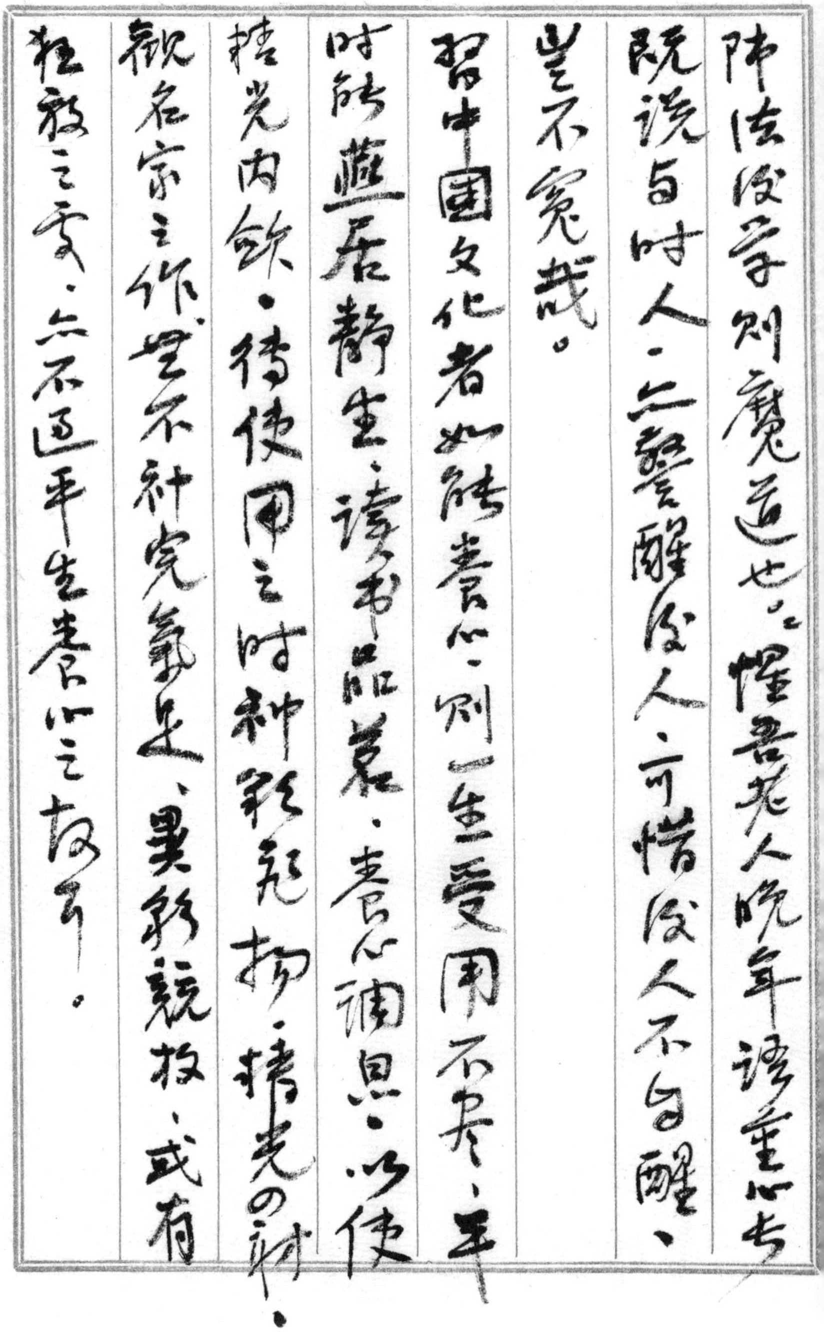
师法后学则魔道也。惺吾老人晚年语重心长，既说与时人，亦警醒后人，可惜后人不自醒，岂不冤哉。习中国文化者如能养心，则一生受用不尽，平时能燕居静坐，读书品茗，养心调息，以使精光内敛，待使用之时神采飞扬，精光四射。观名家之作，无不神完气足，异彩竞放，或有狂放之处，亦不过平生养心之故耳。

快意斋论画

吴悦石

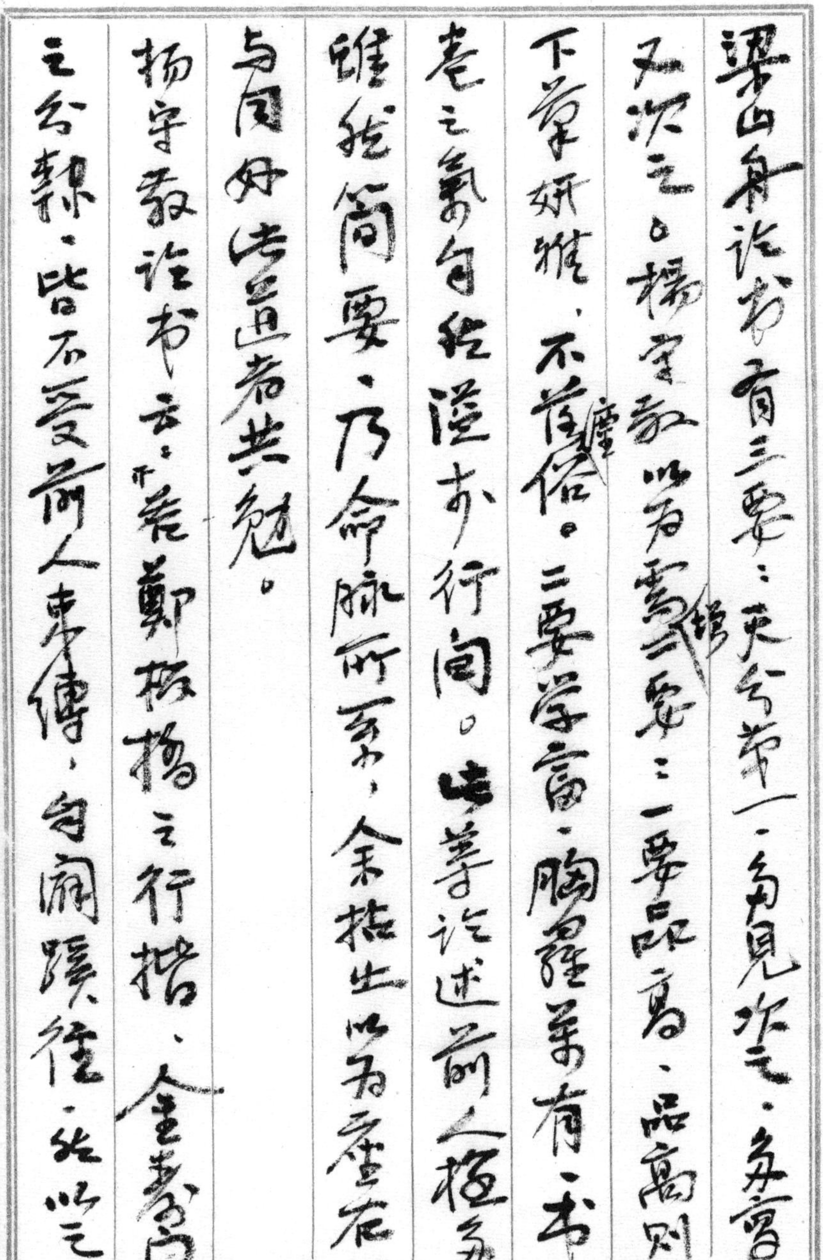
梁山舟论书有三要：天分第一，多见次之，多写又次之。杨守敬以为当增二要：一要品高，品高则下笔妍雅，不落尘俗。二要学富，胸罗万有，书卷之气自然溢于行间。此等论述前人极多，难能简要，乃命脉所系，余拈出以为座右，与同好于道者共勉。
杨守敬论书云：若郑板桥之行楷，金冬心之分隶，皆不受前人束缚，自辟蹊径，然以之

诗书画印偶想 文／刘二刚

徐文长《书朱太朴十七帖》，又跋于后曰：“昨过人家园榭中，见珍花异果，绣地参天，而野藤刺蔓，交戛其间，顾问主人：‘何得滥放此辈？’主人曰：‘然，然去此即不成圃也。’”我琢磨这主人的圃，绝不是一般的园圃，可惜懂玩圃的人今已实在不多了。我外祖母世代靠种花圃生活，花圃里玩意儿很多，不知为什么渐渐衰落了，到我这一代都改了行。我的兴趣虽在写写画画上，却没有缘上学堂，自然也就没有值得炫耀的老师。这倒给我的路开了个自由的天地。我可以按照我想画的去画，不想画的就不画，自得其乐。画得不过瘾时，就再题上几句诗，再不过瘾，就刻上几方图章盖上去。30多年了，回味起来，只觉这画画与种园圃也颇有几分相似：诗、书、画、印，好比圃里的各种枝叶花果，日耕夜作，要先把圃里的东西种活，弄出一个圃的样子出来。至于圃属于“几星级”，倒没必要管它，自然就好，绝不能拔苗助长。有客问，你这圃里怎没有西洋参或艳丽的牡丹、芍药？答曰：“曾经种过，但在这方土上却没有种活。”

登金顶 文／于 水

武当山的金顶差不多是我此生登过的最高最险的山峰，香山鬼见愁一比，那不过是小儿科！我、陈老师、二刚、乃宙等，靠个人力量登上去的最佳年龄段早已过去了。坐索道吧，这把年纪，不丢人。一叠、两叠、三叠，从索道上来，抬头向上望，“我的妈妈耶！”还有无数级几乎直上直下的台阶，才能到顶。待到达金顶宝殿见到真武大帝他老人家的时候，个个大脑缺氧，脚踏仙云了。

导游小妹说，许个愿吧，此处神仙很灵验的。脑中忽然想起亚鸣兄的叮嘱：不可乱许愿，愿是要还的，确定以后能到此一还的再许。我心里盘算，以我身体老化的速度，不敢太确定以后还能登上来，愿就不许了吧。

待我倒过气来，再细看这金顶之上的金殿，着实心里一惊。这是一座铸铜的、鎏金的、缩小版故宫太和殿。其保存完好，其精美程度不说也罢，就说这么重的一座金房子，400年前的古人是如何肩扛手抬搬上这金顶的。

据说，这跨世纪工程的总工头是明朝皇帝朱棣，他住在紫禁城里遥控指挥，每月发两三道圣旨来，（那时没有手机，多麻烦！）耗白银不计其数，用民工不计其数，历经数年，最终完成了项目。可惜朱天子一生也从未到此验收过，只依赖画家们的“写生图”，好在那时没有伪劣产品和豆腐渣工程。坐在太和殿上御览，大概哈哈一笑，朱笔画了个圈，项目就算通过了。

导游小妹总结说：朱棣皇帝来路不正，只得借大兴道教，稳固帝位江山。道教也借力皇家得以发展壮大，武当山从此成了道教名山。

在北京十三陵山里长眠的朱天子，怎么也没

有想到，当年这项只赔不赚饱受争议的国家工程，苦撑到今天才翻了身，旅游之利滚滚而来，成本早已收回，且惠及千秋万代。

故事听完了，准备下山吧，忽然想起一直未见陈老师的影，“这老汉一定是爬不上来了！”正如此议论着，忽见陈老师的小头热气腾腾的从南路冒了出来。我等赶忙上前轮流表扬，陈老师刚要发表登顶感言，回头一望，又登上来一位老太太，一问年纪80。佩服得大伙都说不出话来，老太太面不改色，手向后一指：“还一位呢，他比我大！”见一白头老汉也登上来了。真是“人比人得死，货比货得扔啊”，我等的英雄气和自豪感顿时荡然无存，啥也别说了，下山吧。

收藏与滋养（一）

Pin yi xuan tai
pinyi culture
采访／许晓丹

按：“收藏”是一种令人着迷的事情。艺术家收藏不同于商贾，艺术家为了占有艺术而收藏，商贾则是为了占有价值。祖先为我们留下了许多珍贵的文化遗产，作为传承发展民族文化艺术的画家，“收藏鉴赏”古代艺术，无疑是画家深刻体悟和直接拷问不同历史时期文化审美的最好途径，一个不懂鉴赏的画家很难说他在传统文化上有真知灼见。出于这样的想法，本期轩台我们请来五位艺术家，共同分享他们关于收藏与文化涵养关系的真切体悟。

张铁林　暨南大学艺术学院院长、著名表演艺术家

我们谈论收藏首先要明白什么是收藏，为什么要收藏。我们知道一个民族的历史可以靠古代遗留的资料去了解和认知，这些资料主要包括经史子集等古籍善本，以及传承下来的各种物件。然而，大量文字书籍在历史中被无数次天灾人祸损毁，传承下来的文字其实已经非常有限了，如果没有出土文物，我们研究历史和传统文化几乎就是无本之木。尤其我们对于过去很多物件的形态、服饰、社会状态的认知都是靠传世和出土的文物来了解的。所以，对于古代文物的收集和整理是我们研究和了解历史的基本依据，也是收藏初衷的缘由。

收藏涉及非常深广的领域，我在收藏之初也曾对木器和瓷器等杂项有很大兴趣，但都无缘很深入，唯独在收藏手札后才找到了使我专心的方向。我喜欢写小行书，类似于手卷一类，并用毛笔日记。随着兴趣的深入，我自然地开始关注古人写的小字类物件。这类物件中手札当然算是一个大类，另外还有些什么扇子啊、题签啊、手卷上的题款等等，我都会非常注意并有着特殊的兴趣。但我认为手札是最能体现书法精义的载体，这也是我专心赏析手札的原因。

手札并不神秘，它其实就是人们的往来信件，但人的精神、情操、涵养、趣味以及历史形态都体现在方寸之间。大家知道，宋朝以后书法的尺幅开始变大，并有了展览展示的功能，当书法有展览功能的时候就有了表现的愿望，各种心态和精神便糅入到书法中使其不再单纯，有了其他许多附加的杂念在其中。而手札则不同，给亲朋好友写封信，你不会想这封信传世或变现，也不会想到这封信将来有一天会放到博物馆里，去参展或比赛，它无非就是一封传达信息情感的信而已，所以它传达的是作者的

一种生活状态、甚至是作者的一种才华和思想，也是其对书法精神的一种追求。

手札赏析从材料开始，纸、笔、墨、印及书写风范，到内容。信是什么人写的，写给何许人，在什么时代背景下写的，说什么事，反映了什么情怀，传达了什么环境和气氛等等，都有无穷玩味可循。我藏有《齐白石致西哲先生札》，释文：今由崇古斋交来二石，计刻八字，承问润资，每字二圆四角。先生最知余刻不恶，本应不受润金，白石有家难归，居于燕京，日需煤米，接受先生之润金，不得已也！此二石刊好，当交周铁衡带交先生也。西哲先生鉴。齐璜揖。十二月三十日。

钤印：自谴（朱文）、铁林藏（朱文）

这封信里既能了解齐白石的生活状态，又体现出他的个性和书法水平，由于有齐白石刻印润资，我们还可以看出当时社会的生活水平，颇有奇趣！可见手札要比一幅单纯的书法作品所传递出的信息多很多。我的收藏与市场无关，确是发乎于心，由衷地出于爱好、需要，逐渐地走到了收藏手札的这样一条很窄的胡同里，成为生活方式的一部分。

作为一个收藏爱好者，我认为收藏文物的内涵深浅完全能体现收藏者的性情、阅历、修养、见识以及赏析品位的高低。收藏鉴赏的深度和宽度也都体现在藏品的趣味取向和品类质量上了，它对于热爱传统文化和从事相关研究工作的人来说太重要了。

边平山 *著名画家*

首先，收藏最早属于一种纯文化研究行为。人类在总结前人做过什么的时候就需要收藏很多东西作为研究的第一手资料，这些东西称为标本也好藏品也好，它们的特点是具有时代的文化特征，可以作为考证和断代的依据，收藏最早就是这么开始的。其次，收藏的群体主要是文化人，既要很有文化还要很有钱，具备这两点后才能做些收藏，借此从前人的文化里吸取很多精华的东西来滋补自己的学养，让自己知识面更广，更完善。因此，收藏实际上是一种修养，代表一个人的品位和格调。

古代的人家里有一本书是非常不容易的，文人就比谁收藏的书多，所以中国早期的收藏行为仅指收藏书，不包括别的如瓷器玉器等所谓的古董。随着时间的推移，地下文物的不断出现引起了人们的注意，收藏的范围也慢慢扩大了，像三代的青铜器、玉器、秦砖汉瓦等，以及宋瓷、明清家具都成为收藏的主要内容。现在中国人在市场经济下又开始了收藏热，但收藏种类以及意义和过去都大不一样了，过去是一种修养和文化，现在却主要把它作为一种投资。

我过去在故宫工作的时候，临摹古画都用原作来参照，有许多机会接触历史上最经典的作品，因此没有收藏的习惯。后来到了社会环境中做文化研究的时候才发现以前经常接触的东西都看不到了，于是会根据研究的需要去找一些第一手资料，收藏一些东西，但一般这些收藏在研究之后就放置一边了。对于研究型的古董收藏者来说，收藏的方向也有不同。喜欢研究文字的人就会对带文字的东西比较着迷，从骨器或青铜器上的铭文去了解当时的历史和文化。喜欢研究瓷器的人，更多是从它的烧制工艺、材料和方法以辨别它的真伪，当然也会从器形和纹样来发现陶瓷的文化内涵。比如我在收藏时，更关注一些与自己的研究有关的东西。为了解决艺术上的需要，我必须要借助很多东西，包括书籍文献等，看书只能做一些逻辑上的了解，与接触第一手资料时的感受还是不一样的，所以还要包括实物资料。举例来说，我见过很多唐代的三彩，发现唐三彩有个特征，就是越洋气越对，这可能是因为唐代三彩很多都是由外国人做的。事实上，唐代很多器皿的造型及工艺都不是汉文化，而是接近波斯、西域，充满了许多外来的文化特征，这些文化信息都是通过历史遗存的物件传递下来的。所以，唐代的古物只要带中国味儿我就要怀疑，一是怀疑年代晚于唐，二是怀疑其为仿造、伪造。

收藏对于我们画家的意义，就是通过看前人的东西以便了解过去人们做过什么，我们今天还能做些什么，我们应尽量避免重复前人，去做他们没做的事情。现在的人临摹点古人的东西就落自己的款了，这在古代是不允许的，清朝四王的作品是向古人学习，但他们的作品上都会写上“拟云林法”或“拟某某法”。所以我认为，用“传统”这两个字来诠释自己是艺术家最后一块遮羞布，只有在没有能力了才会这样解释自己的作品。这种所谓的传统就是照着古画临摹，东捡西补地凑在一起，表示学到了传统。但回顾唐宋元明清的画作，真有一样的吗？每个时代都是在挖掘未知空间，形成新的风格。

我将艺术上的追求分为两个部分，分别用“已知空间”和“未知空间”来表示。已知空间具有安全感，但已知空间不存在创造，未知空间才属于创造。收藏的物品包括艺术品都算是收藏已知，即使我们对原始社会不太了解但那仍是已知的存在，人类的进步还有一个需要努力的就是探索未知。因此，收藏除了可以了解已知更是为了解开未知空间之谜。

崔如琢 著名画家、收藏家

我想，要谈收藏鉴赏对中国传统绘画艺术及经典文化的影响，不能简单地去谈收藏或绘画本身，而需要从问题的根本上去探究原因，所以我想先从宏观上来谈谈这个问题。拿我们从事中国画创作的人来说，创作并发展中国画的核心就是要从我们民族的文化上汲取精华，将传统和经典的文化艺术传承下去。很多人并不能理解传统文化和艺术的真正内涵是什么，甚至像吴冠中一样一谈起传统就认为是“守旧”。这种理解不仅是个人的看法，目前整个国家从文化界到艺术界乃至整个社会对于传统的文化和艺术都没有足够的重视，在宏观上没有一个正确的定位。收藏和鉴赏正是改变这种现状，提高我们文化和艺术修养的途径之一。

当然，出现这种误解甚至曲解传统文化的情况是有历史原因的，那就是我们从1840年鸦片战争以来由于整体国力落后于西方而产生的民族自卑感。鸦片战争敲开了中国闭塞的大门，让我们发现了西方在科技和军事上的强大，及自己因弱小而备受欺凌的现状。于是，中国的知识分子们在迫切希望拯救国家的心情下发起了“五四运动”，希望通过学习西方使自己强大起来。众多的知识分子都开始否定自己，盲目崇拜西方，对中国的历史和文化采取一概否定的态度，并且在创作文学作品时

张铁林
边平山
崔如琢

放大了民族的劣根性和弱点。这在当时令社会产生了翻天覆地的改变，即使到了100多年后的现代社会仍旧能体现出这一思想运动的深远影响。我们仍旧不能摆脱对自己民族的自卑感，仍旧觉得不如西方，整个民族都虚无了。在建国后接下来的30年里，由于错误的认识和教育思想使得这个问题更加严重。没有对中国历史、文化和艺术的正确定位，才导致了现在艺术创作和审美标准的混乱。

现在由于改革开放带来的物质发达，我们有了非常好的重新认识和理解中国传统文化和艺术的条件。我们可以从图书馆及书店大量的书籍中学习中国的历史和经典的文学；可以去参观博物馆或美术馆里陈列的历代文物，对传统艺术有系统和充分的了解；还可以在较好的经济情况的允许下收藏一些可供研究和欣赏的古董艺术品。这些都可以使我们逐渐地认识和理解传统文化和艺术的精华，使我们恢复民族自信心和自尊心。

中国画与西洋油画不同，它们是两种体系的绘画系统。西方传统油画的依托是科学，讲究的是严谨；中国传统绘画的依托是哲学和文学，即“写意”，讲究的是表达对世界和生活的理解。事实上，我认为一个艺术家不能单纯的每天躲在房间里画画，中国画是包涵很丰富的民族文化的画种，没有坚实的中国传统文化的修养，想画好中国画是绝不可能的。我们常说的一句话是“功夫在画外”，这个“功夫”指的就是传统文化的修养，包括文学、历史、音乐和民间艺术等。而包含了古代金石书画、文房器物、工艺美术等众多内容的收藏鉴赏能帮助我们更好地积累这些知识和修养。因此，画家有丰富的内在修养后才能站在历史的角度从宏观上对自己的艺术水平有一个比较明确的定位。而仅仅如此也是不够的，画家还需要考虑自己在时代大潮里的功课。如何在自己的作品中既能体现与传统之间的联系又能将传统发展下去，使之焕发新的生命力，从而将中国的艺术推向一个新的阶段，这才是我们努力的目标。

王晓辉 中央美院副教授、著名画家、收藏家

对收藏概念，不同的人群，不同职业，甚至不同性格的人会有不同的解读。对我来说“藏”就是在“玩”，就像画画的感觉，意在体悟其中的玄妙，作画在不断展开想象的同时，将自己经验的那部分表现在作品中，从而获取“妙得”的快意，能在画与藏的快意中养出一份雅性，趣意也就在其中了。“玩”不是浅薄，“藏”也不是为了占有，是什么？入道深了自能明白其中的深意。但无论如何不能轻言自己有了收藏就深通了传统文化，像有些人画了两笔貌似传统的东西，便狂言自己学到了传统，以大师自居，就太过夸张了。面对深厚的传统，人们只能明白眼前这点事。

其实收藏或把玩藏品就是心灵的一种散步，“玩”的东西越高古，其心灵就愈远游，是一种散养心性的玩法，这正是多数作画职业人常常乞求的。在现实琐事中常常不能如个人所愿，近前的事与物往往太实、太嘈杂，活得太明白、太较真极易丧失修性的品质。所以要“玩”，要玩出味道来，好在藏和画与历史文化同行，不是吃青春饭的，什么时候进入都来得及，怎么玩都有意义，玩比不玩好。

看好东西，意在养眼，有了好东西就会少去看其他的热闹事，瞎耽误工夫。修养传统是个大话题，只会看书不行，只懂笔墨不行，只说不行，只画不行，传统的事，急了更不行。做事要想不随性子来，就去多看老东西。好东西一看器型二看气韵，形是无处不在的，不同的造型就是一段不同的历史，这与传统绘画审美是一脉的。这几年玩笔墨的人呈

现集体反刍状，在“传统文脉”的幌子下弃造型问题于不顾，使传统的劣作频频，令人眼浊。学习传统绘画，人物、山水、花鸟、包括书法，不研究其历史的造型承传表现，仅以笔墨传统为线索，只会有好看的笔墨，千人一面，是难与历史做交代，难与时代对话的。不对造型深修，笔墨就难以体现气韵的精妙。缺乏型的修养是当下水墨的时症，远看上古遗存特别是战、汉艺术是其解药。

王晓辉

唐吟方

唐吟方 *《收藏家》杂志编辑部主任、书画家*

我接触过的画家可能多多少少都有一些收藏，但是画家的收藏思路和藏品跟真正的收藏家是不一样的。收藏家的收藏更讲究藏品的年份、名头、珍稀度等等，而画家的收藏则主要取决于自己的审美趣味，很典型的例子就是黄宾虹的收藏。黄宾虹的收藏很多，不谈他金石方面的收藏，单就书画而言，他的收藏中并没有年代很远、名头很大的书画家的作品，年代上限可能也只到明代，藏品基本都是一些文人画，但画的气息非常好，品格也非常高。画家可以从自己的藏品中汲取一些东西，作为创作的一种滋养。这种收藏思维，我认为作为一个画家，是比较适合的。

我自己也有一点收藏，大多是民国时期一些不为人重视的海派和江南画家的作品。我的收藏和我对近现代绘画史的兴趣有关，当然这样的选择大约也跟我青少年时代在江南的生活、师承经历有关，比如我有幸跟随过的几位老先生，如沈红茶、江蔚云、蒋孝游都是从民国时代过来的书画家，他们的言传身教，使我对民国艺坛产生浓厚的兴趣。民国在艺术史上是一个非常有意思的点，往前推是晚清，往后走就是新中国。由于民国处在这样一个历史转折时期，这个时期画家多、画家类型多、流派多、风格多，几乎存在着当代艺术史家所要寻找的各种样本，值得关注。民国离我们最近，作品的存世量很大，好找也找得到，大多数作品的价格还偏低。从学习借鉴角度而言，传承派历来重视原作，作为创作学习的延伸，收藏民国书画家作品大概还有出于对艺术品质地、品位、历史感、艺术史的考验、可操作性等等的考虑。

目前美术史研究中有一个误区，大家都把研究重点和关注的目光集中在几个第一流的大家和名家身上。事实上一部真正立体、丰满的艺术史构成，除了少数顶尖的艺术家的成就，还融汇了无数二三流艺术家的才智贡献，仅有一流画家构成的艺术史显得太单薄。我的收藏作为我对民国艺坛了解的一个窗口，还和我从事的工作、专业、审美趣味相关。

骨董有逸品，或流传于荒陬僻壤，或偶出于废址古墟，不通都邑风气，不接时髦耳目，如幽人客捽兀土室茅茨之下，与樵夫牧竖相处，沙盆瓦缶共蓄。忽遇好事者过而目之，顿成绝世奇珍，富贵家向所夸示为至宝者，俱下之而不争；一朝声价赫然，王公大人皆欲倾倒致之。因而遂有夸燕石为天下珍者，有视天下珍为燕石者，具眼不世出，良可叹也！执古证今，岂独骨董为然哉？（明·董其昌）

品逸公司藏
战国青铜鼎

雀巢语屑续录

Shou cang yi shi
pinyi culture

文／唐吟方

沈周应文征明之请为元人山水，既毕，自跋原委，云“征明灯下强余临大痴翁《富春大岭图》，老眼昏花，把笔茫然，以诗自讼不工耳。”此图传至清代，凋蔽不堪，且失诗迹。藏家恨其不全，乃揣测石田之意，代撰一首足之。诗云：酒散灯残梦富春，墨痕依约寄嶙峋；山光落眼浑如雾，莫怪芙蓉看不真。诗后系短语说由缘，言“斋阁萧闲，凉风乍至，展观沈石田墨迹，惜画面缺损，诗句不存，因以寓意录补之，人生一快事也。”风雅之情，由缺失而致，今人无此风怀意兴。

郑板桥同学顾于观（1693--？）书法与板桥同体，只用笔呈异趣，板桥工于刻划，桐峰虚和，然皆多名士气。顾于观与板桥同龄同乡，曾同学十年，共师陆种园。板桥《七歌》有“种园先生是我师，竹楼（王国栋号）、桐峰（顾于观号）文字奇；十载乡园共游憩，壮心磊落无不为。”叙行谊。桐峰为乾隆朝名诗人，杭世骏评其诗“邈绵滂沛，清峭凄厉”。其书罕有流传，曾见行书论王铎书，文采俊逸，文曰：王孟津如雕弓宝马，命中射雕，奕奕英俊，旛麻折扇，款行精妙，独步艺林。

龚自珍文名极盛，然字不工，故流传书迹极少，人得其片楮亟珍之。曾见其题石鼓拓本，字学颜书，作左低右高状，形如跛脚。跋云：“问渠出石鼓打本两事属评审，皆明楮也。惟余于石墨之事不为不涉其藩，独未致石鼓多字本，自所见天一阁本外，竟未见辛鼓有字之本，不免抱坐晚之悲耳，聊识数言于辛鼓尾。龚自珍记之。”该拓纸幅矮小，钤印累累，曾经钱松、胡震收藏。拓上留有胡震隶书跋一段，作：“辛鼓元时尚有一字，此明本也。咸丰七年震记。”

故家所藏书画，不失于己，常遭家奴窃卖，此种遭逢于社会动荡变易之际尤显突出。近观明代万代尚《自书行书卷》后汪溶跋，颇兴感叹，盖汪跋所云，实收藏史一种普遍现象。跋文移录于下：万代尚书卷，旧藏盛宣怀尚书故邸，旋归何兰荪督办，垂二十年矣，仰公兄万里远归，恸遭大故，因感于斯卷未

黄公望　富春大岭图

被恶奴巧取豪夺，以俱去也，重付潢池，并为题记。

有人持沈周款山水求秦仲文作跋，展卷观览，颇觉不类沈周笔墨，然请跋者为多年熟人，不便径直说伪。适卷子另有黄宾虹一跋，宾虹定其为沈周早年之作，秦乃依宾虹之说作跋，谓“乍睹秀润有余，颇讶不类，读黄宾老跋，乃知出公早年之笔，短于苍浑之致。虽大家，亦自不免耳。”记十多年前曾在沙滩红楼见一文征明卷子，笔墨山水，为商承祚旧藏。此卷得于金陵，商曾持卷请谢稚柳、溥心畬作题。溥抄自作诗二首应命，绝不涉卷子真伪，此种作法大约亦出于熟人请托，不好推辞，只得以此塞责。从溥题字立场，可知该卷真赝，否则必置一词。

合作国画，本属雅集附产品，众家集合一室，共图佳兴，以笔墨戏之。此类多即兴而为，参加者少至二三人，多至十来人，各写胜长，合而为一图。然合作亦有精意为之者，若肖像画家绘人物成，时有倩工花鸟或山水画家补景。合作形式建国后发生变化，被画家用来作为对国庆献礼，画幅既大，内容又属歌颂，数画家精心构思形之于笔墨，寄托共同心愿。观北京上海两地国画院五六十年代主题创作，颇多此类作品。文革结束，画院及各文化单位频有各种类型的笔会，画家为此中主角，京海两地留存此类合作最多，然此种合作，匆匆熏笔，不暇精雕细琢，故大效果皆好，而细节因其创作性质决定其不足。此种笔会产生一批写意画快手，若京派中之李苦禅、董寿平、许麟庐等，海派中之唐云、谢稚柳等，晚年作书画均多笔会意趣，带有明显的应酬痕迹。

朱振庚

Zhu Zhen Geng

1939年生于徐州，天津人。1980年毕业于中央美术学院中国画系研究生班。中国美术家协会会员，华中师范大学美术学院教授。

论水墨

Pin yi ju jiao
pinyi culture
文 /朱振庚

以水墨画来看，作为艺术风格，可以有繁有简。但即使是“繁体”水墨，也要讲究用笔恰到好处，也应该是：一笔两笔不嫌少，千笔万笔不嫌多。

水墨人物画，意在先，笔在后，亦可笔在先、意在后。总之，笔笔写意。在规矩处见活泼，生动处见力度，磅礴处见严谨。得意而不忘形。时至今日，水墨人物画又见“扩张者”、“自由者”，均操练得法，生动沉着，活活泼泼，大有可为。祖宗圈地之外，另有广阔天地供驰骋。

中国画传统源远流长，如长江后浪推前浪，奔涌不息，滚滚向前。创造中生出保守，保守中生出创造。人役笔墨，当为笔墨之正道、活道；人役于笔墨，则笔墨死矣。“天能授人以画，不能授人以变。”大知有大得，小知有小得。笔墨为谁用，又如何用？洋为中用还是古为今用？俗为雅用还是旧为新用？或弃为不用，自生新法？天下画人，天分不同，各得其所，而成功在于本人。

笔墨之用，宁拙勿巧，宁厚勿薄，宁重勿轻，宁大勿小，宁迟勿速……不仅是对笔墨的要求，从中还折射出画者的人品格调。

艺术中的“生”味，并非生硬之生。画论中有“熟中求生”、生中求熟“之说，即作画要求熟练，更要在熟练中求生、拙。如果没有这个追求，往往会出现人们所贬的“滑”、“飘”、“轻”、“油”等。

古人说，人格不高，用笔无法。这里的法不是指技法的法，是指作品的格

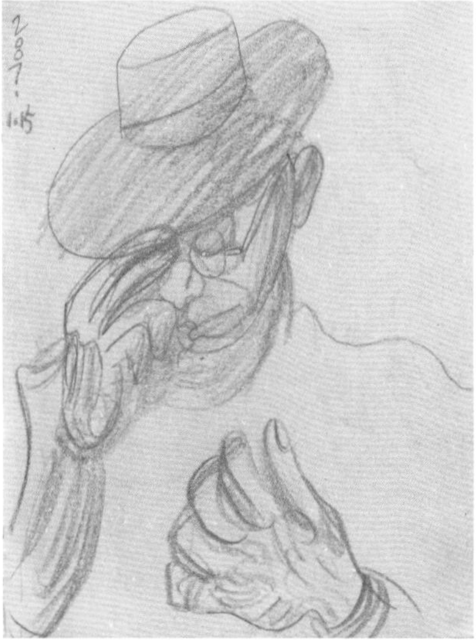

调、人品与气度的统一。

在训练中国画造型的课堂上，要扭转学生长期抠体面素描造成的负面影响，有效的办法就是让学生用线描画石膏：不画体面，剔除光影，只画结构。这叫“解铃还须系铃人”。如潘天寿先生所讲的“洗脸”，学会洗脸了，进而要求生动性，有取舍，有综合，讲神情，学会夸张和变形。

有人讲的是一回事，画的又是另一回事：要听其言，更要观其画。画家读书是为了增长学问、开阔眼界，提高对绘画实践的认识；它反过来使画家的画画得更好。于学问中获取画之修养，求得更高层次的品位，这叫读书活。活的东西利于开窍，灵感自会鲜活自由地往来于思路之中、手头之上，并促使画家达到心手相应，曲尽其妙，“寄妙理于豪放之外”的境界。

面对客观对象，首先要把它纳入“笔墨结构”的规范来思考，变自然形态为艺术状态，变自然结构为艺术结构。

画前的冲动欲，谓之“情”，它比金子还珍贵。画者顺意随情，随机应变，作品往往能于应情中绝处逢生。而程式不应该是一种死的模式，由于情的介入，程式被随情调度，从而获得一种内在的生命力。一旦进入情蕴于内而发于外的“程式”之中，就已无多少画理可讲，对是对，错也是对，情在则理在。

画家一旦形成一种风格，便想守住这风格，但守的结果是为习气所囿，落入自家的俗套。《易》曰：“天行健，君子以自强不息。”大风格者为风格之变革者。

用色有可为可不为，可为者“色用其色”，可不为者“色色其所不色”。前者画颜色，后者讲色之化、色之味、色之调。

工笔立格，得妙者上，平道直出一目了然者下，得神味醉人者上，尽涂饰之工以为能者下。

抽象妙为体，无妙则无象，无象可抽，算不得抽象。西方抽象在表象，东方抽象在里象，西方有象而抽象，东方有妙而抽象。

画不以新旧别，只在一个“好”字上。“好”包括旧也包括新。

现代人画现代画，是相对传统言现代，知传统而为现代。“知旧知新，推陈出新”讲的就是这个道理。

今日画坛，功利俗深，驳杂其心，假言语多、真言语少，有几人得几日闲画自己心中想画的东西？

中国文人画之精神高栖于笔墨之中，中国绘画之大精神则释然于宁定而永恒，大化而无穷之中。

创新与传统之争，可谓老生常谈，盛衰交替，此一时，彼一时。从高远处看，当殊途同归。新旧无高下，好坏有区分，如同植物有根深偃实者，亦有根浅招摇者。为艺者贵独立性情，不趋时附尚，一个时代出那么几个热闹人，不看他表象的红火，就看他是否视艺术以生命，诚艺术以性情，有没有独立的人格，独到的艺术。

中国画之现代化在现代之中，亦在传统之中，要善于挖掘、消化和吸收，醒于发现和改造，在本真自然中敏感和生发。

中国画的教学除有书法、白描还不够，还应当有自己的“现代造型法”，建立自己民族的素描体系，重视笔墨更要讲究“笔性”，讲究线条的质量、美感，讲究线、形的透里默契，刃剖自如。

艺术的真实是一种生命感受的真实，一种主观的真实，这种真实没有“教育”的痕迹，是动态的，是活的。生动活泼的艺术生命力不可能于事先规定的框框之内。天高任鸟飞，笼子里是养不出好“凤凰”的。
离习见于精神自性中发篁其能力，进行创造性劳动，在“内心之内，外在之外”化之感动，产生新果。

要掌握技巧，技巧是本钱，好的画让人看不出技巧，忘其技巧。

一幅好作品展现的是笔痕走过之过程而非大功告成之结果。凡·高是这样，徐渭是这样，黄宾虹也是这样。前者具有惺惺然活泼之灵魂，后者则是灵魂静止之告白。

灵魂出窍、大刀阔斧的敏感和创造，从传统中走出来的面目全非，自然而不造作，新奇依然朴实，本时代尚无一人可出及。

不变易为虎，焉知取虎子之自然，不入传统，焉知“现代”之真伪？

万法无定，得其法而不住法。

化腐朽为新奇，庶品“由我而兴，从新而有”，是为妙用。

艺术当于自性中一步一步进行，自然顺应，待之转化，待之突变，激化灵感而获真美。

朱振庚　关 良 像（上）　纸本水墨　28cmx46cm　2007
朱振庚　张大千像（右）　纸本水墨　28cmx46cm　2008

朱振庚　人体　纸本水墨　50cmx36cm　2007

朱振庚　佳丽图　纸本水墨　34cmx138cm　2008

朱振庚　三美图　纸本水墨　34cmx138cm　2008

朱振庚　佛之造像　纸本水墨　50cmx50cm　2008

朱振庚　古俑图　纸本设色　46cmx34cm　2007

朱振庚　画坛　纸本设色　34cmx34cm　2008

朱振庚 群像 纸本设色 34cmx34cm 2008

朱振庚　俑像　纸本设色　34cmx34cm　2008

朱振庚　俑像图　纸本设色　46cmx34cm　2008

朱振庚　无题　纸本水墨　36cmx34cm　2008

朱振庚　舞　纸本设色　34cmx46cm　2008

王民德

Wang Ming De

1963年生。山东青州人。现居北京。毕业于山东师范大学汉语言文学专业。2002年至2006年在北京大学人文学院书法研究生班进修 。2007年入中国国家画院沈鹏书法精英班。曾任青州日报社记者、海南作家报编辑部主任、北京《当代书画报》副总编辑。2002年后先后受聘于中央美术学院中国画学院、北京画院理论研究部。

书法不是观念艺术

Pin yi ju jiao
pinyi culture
文 / 王民德

在书法上，我是一个技术派，我对观念不是太关心。在唐以前，书家留下的书论，多是谈技术的，像王羲之的《题卫夫人笔阵图后》、颜真卿的《述张长史笔法十二意》、欧阳询的《八诀》，等等，很少看到书法家谈玄虚的东西。

我以为书法发展到宋代是个转折，这个转折就是"尚意"的提出。宋代"尚意"的时风，其实与苏东坡有极大关系。苏在当时的影响太大，他在文学艺术上的好恶，不仅影响到整个文坛和士大夫阶层，甚至影响皇帝和皇后的审美趣味。他提出"无意于佳乃佳"，声称"我书意造本无法，点画信手烦推求"，可以想见，对当时的书风、画风影响是巨大的。

说宋代在中国书法史上是个转折，就是因为"尚意"论调的滥觞，书法家，文人，羞于谈技术了，逸笔草草的文人画也在这个时代成为时尚。对技术的忽视，在当时并没有看出负面影响。因为无论是宋四家，还是同时代的其他书家，在"技术"上都达到了很高的水平，尤其是米南宫，在技术上不让唐人。但是，到了明、清，"尚意"种下的种子就开始起作用了。这就像五四时期的新兴学者崇尚西学一样道理。对那些饱读传统诗书的学者来说，“打倒孔家店”，无疑会带来清新的凉风，但过去大半个世纪以后，中国文化界最热门的话题，就是对传统中断的忧虑，这可能是五四时期的革命者没预料到的。回到书法上，我们看宋以后的书法，真正在技术上达到唐人高度的，我觉得仅有赵孟頫、王铎等少数几个人，像祝枝山、文徵明、傅山、黄道周、张瑞图等等，在书法技术层面上都与晋唐相差甚远。宋以后书法气象的整体孱弱，很大程度上是因为忽略了技术的锤炼。

在今天看来，宋人"尚意"，更像一种“观念”上的追求，而到了明末，傅山等追求"宁拙勿巧，宁丑毋媚"，更是一种“观念”上的反叛，这种反叛，说白了，就是颠覆晋唐经典。正是这种颠覆，导致了清康乾时代的书坛重新想回到宋以前的传统，以针时弊，但已经不可能再形成唐以前士大夫阶层那种对技术刻意锤炼的风气了。

如果说晋人“尚韵”，唐人“尚法”，宋人“尚意”，那么当代就是一个“尚观念”的时代。和绘画领域一样，我认为上个世纪80年代以来的书法探索，是以“观念”来推导的。各种各样的现代艺术观念，为展厅时代的书法打开了巨大的探索空间，出现了很多令人尊敬的先锋艺术家，当然也成就了各种嘴脸的投机者。真是乱哄哄你方唱罢我登台。其实，真正意义上的先锋艺术家，在任何时代都是极少数，他们不仅需要天生的才华，还需要过人的胆识和魄力，他们是寂寞的拓荒者，也是大无畏的“试错”者。但像85新潮以来的中国书坛，人人争当先锋派的壮观景象，怎么看，都像是一场没有硝烟的文化革命，真正的先锋艺术家，光芒反而被投机者淹没了，这真是书坛的一种悲哀。

书法不是观念艺术，不管观念怎么变，书法一些核心的东西是一脉相承的，我以为，书法的核心就是书写意味。举个例子，一个西方人去创作一张抽象的现代书法，和一个经过了很深的传统教育的中国人去创作同样一件作

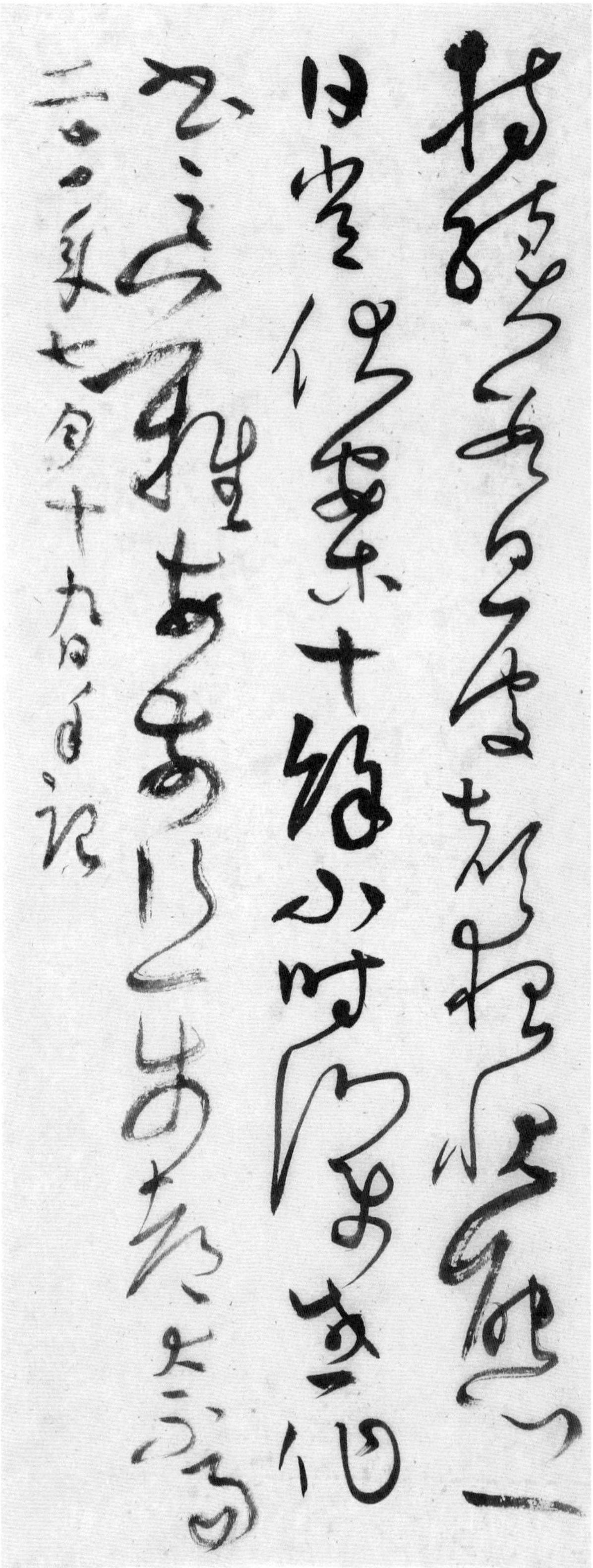

王民德　学书日记（一）　纸本　25cmx80cm　2008

品，放在一起怎么去判断优劣呢？如果纯粹以现代艺术的标准，西方人可能搞得更有意思，因为他们没有那么多的禁锢，但西方人可能很难体会到其中的“书写意味”。书写的意味类似一种游戏的快乐和魅力，不同的是，这种精神游戏，可以把书写者的生命状态、情感波澜呈现出来，所谓“书为心迹”正是这个意思。

书写意味，是书法区别与其他艺术的核心所在。美国诗人奈莫洛夫曾谈到绘画发展的三个向度：第一种是“精确的再现”。第二种是“装饰、韵律、形式、形状的方向”，也就是抽象性。第三种是“语言的方向，字母和符号，终极是书写的魔术，这个过程可以在中国书法中感受得到。”按照我的理解，“书写的魔术”也就是书写意味，它是超越外在的形式因素的，是书写者特定时期的生命状态和人格精神的迹化。书法作为心灵迹化的图像，不但要看外在的形式因素是否给人带来美感，是否具有独特的形式意味，还要看由笔法运动所带来的书写状态。比如，我们在评判一件书法作品时，可以用“飘逸”“遒劲”“清丽”等等这样一些美学上的概念，还可以用“从容”“流畅”这样一些描写运动状态的语汇来评价，这是很有意思的。

那么，具体到一件书法作品的优劣，我通常从两个方面来判断：从静止的造型艺术的角度来看，书法的造型品位是第一位的；而从动态的书写意味来看，我更喜欢那种从容大度的优雅气质。

至于我个人的书法，还是让作品说话。如果作品本身发不出声音，披在身上的华丽评说只会让作品更沉默。

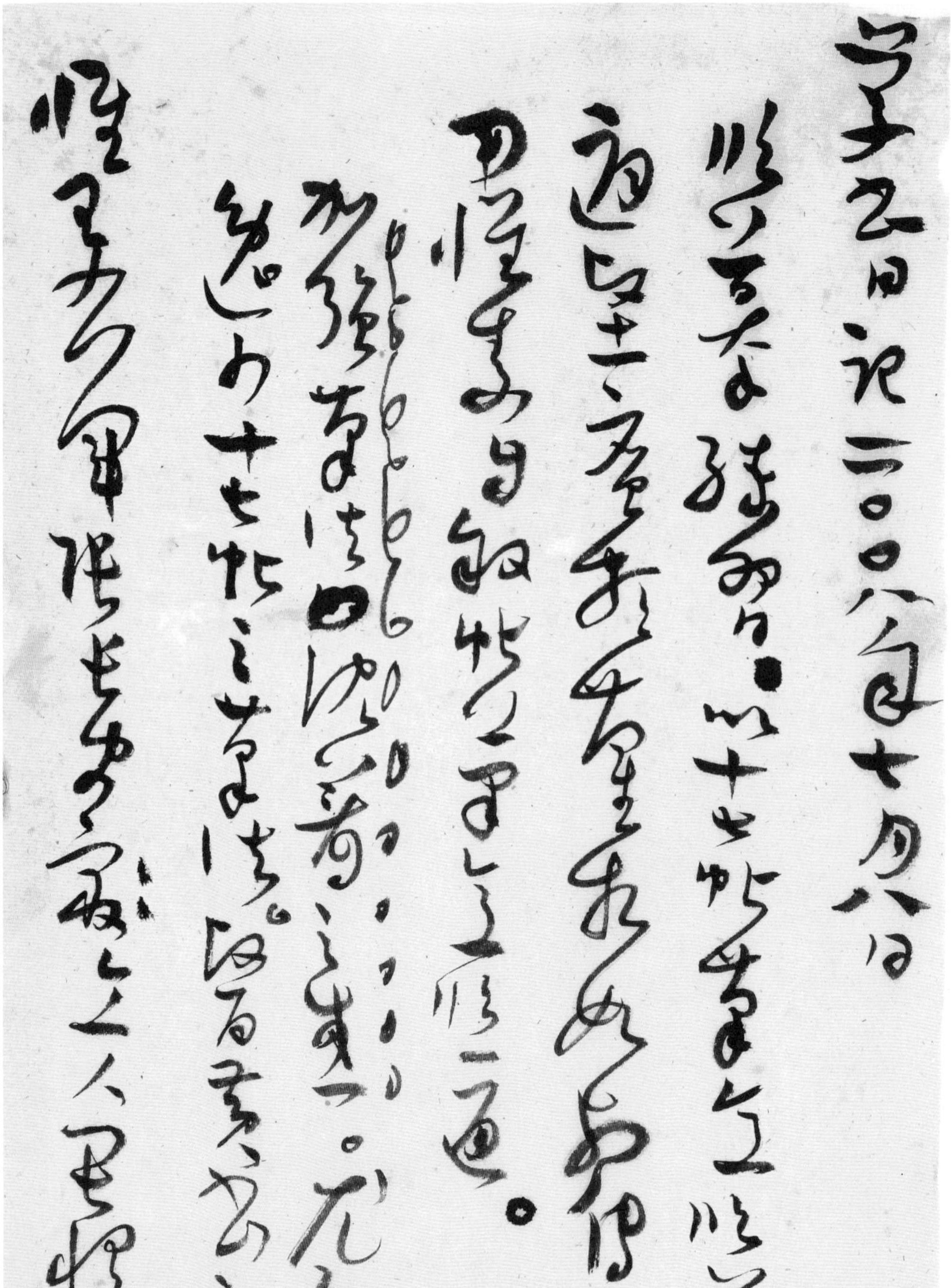

王民德　学书日记（二）　纸本　50cmx80cm　2008

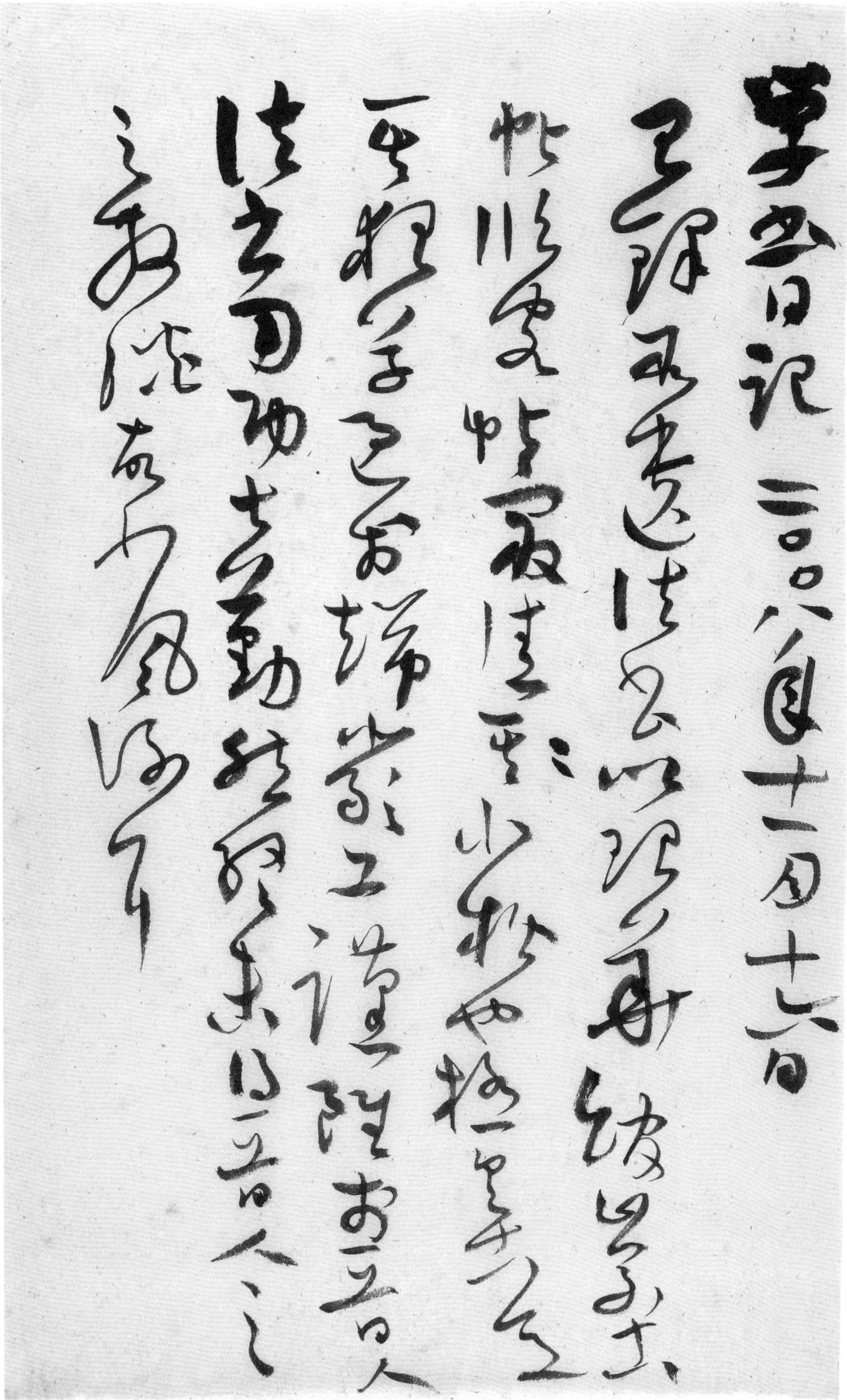

王民德　学书日记（三）　纸本　50cmx80cm　2008

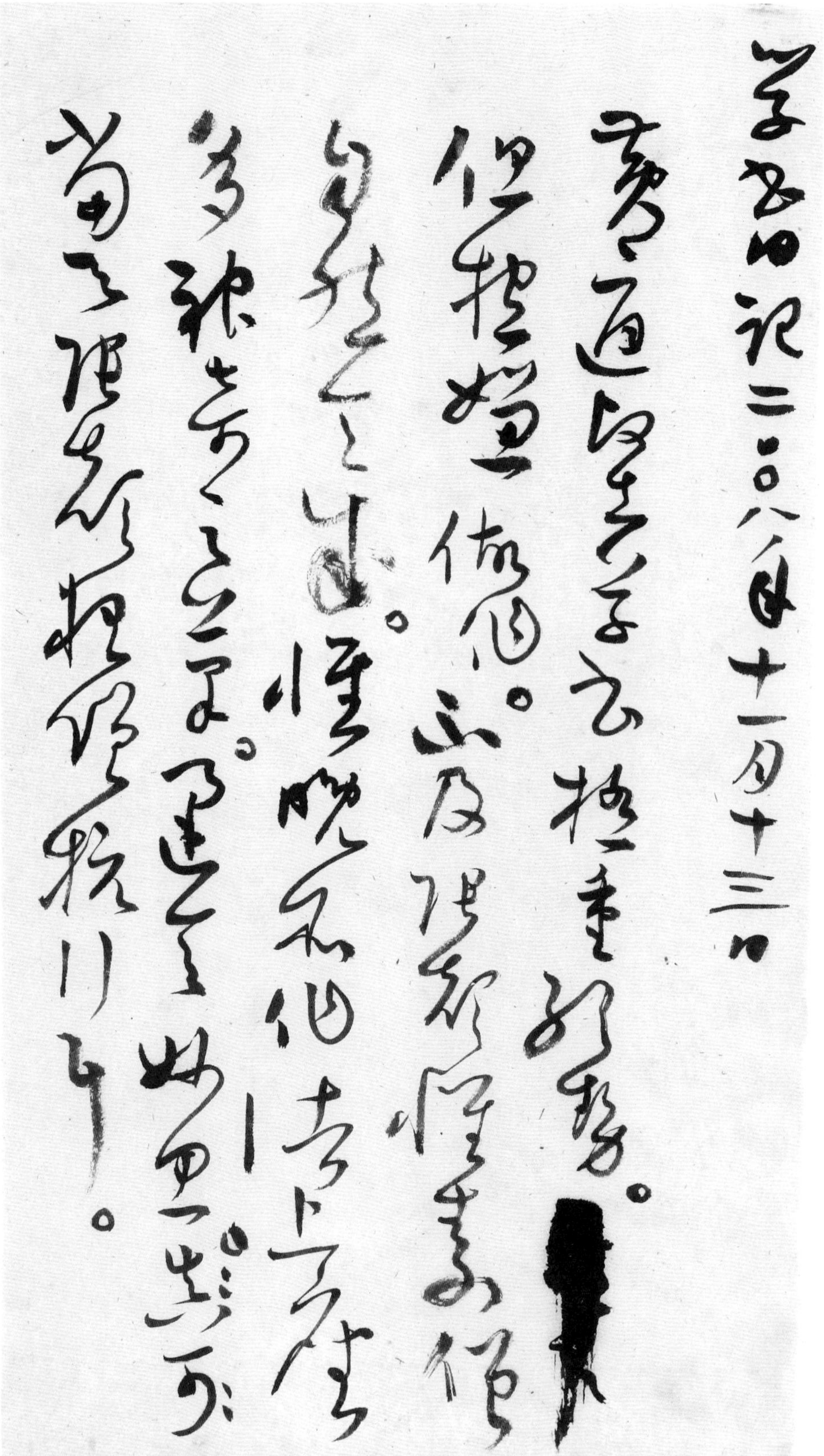

王民德　学书日记（四）　纸本　50cmx80cm　2008

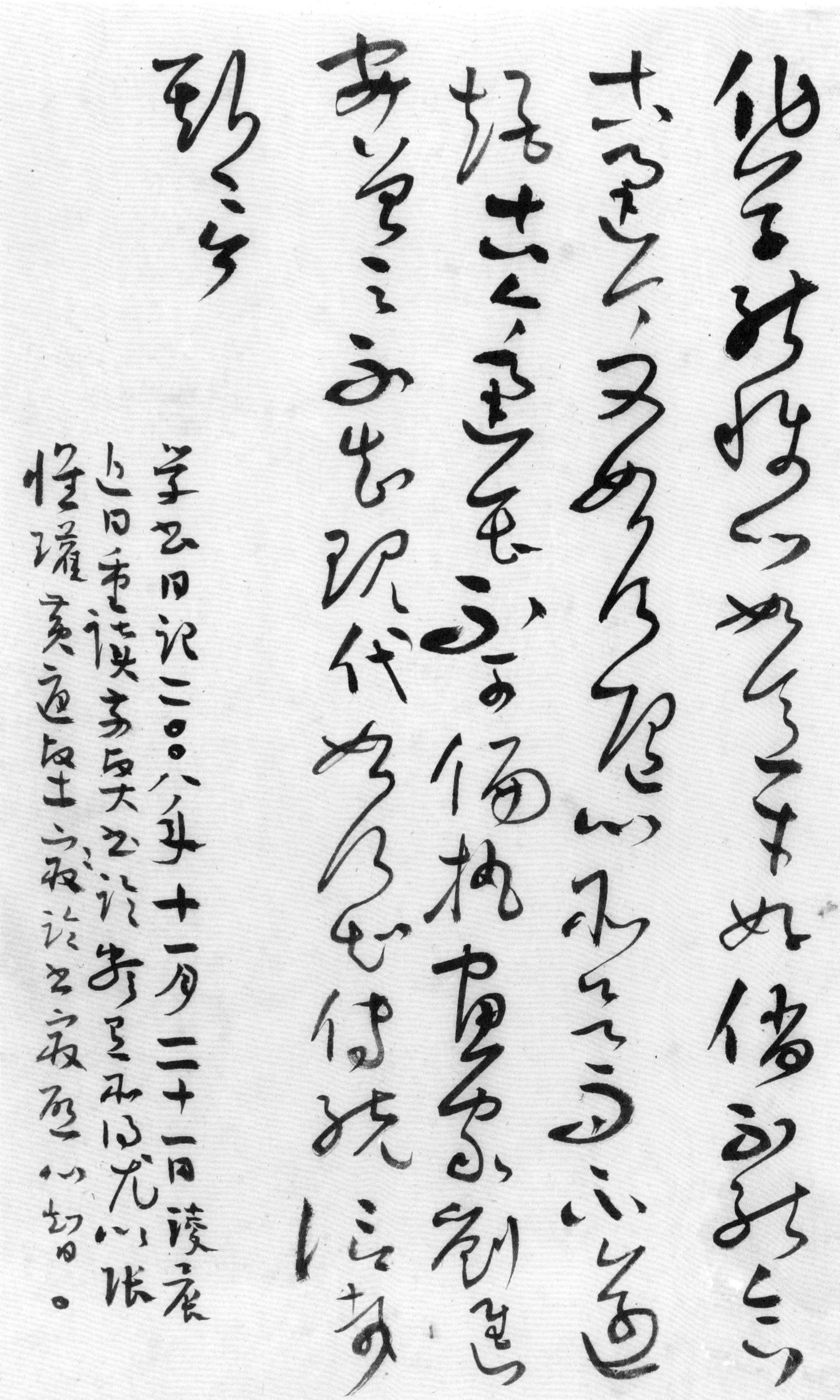

王民德　学书日记（五）　纸本　50cmx80cm　2008

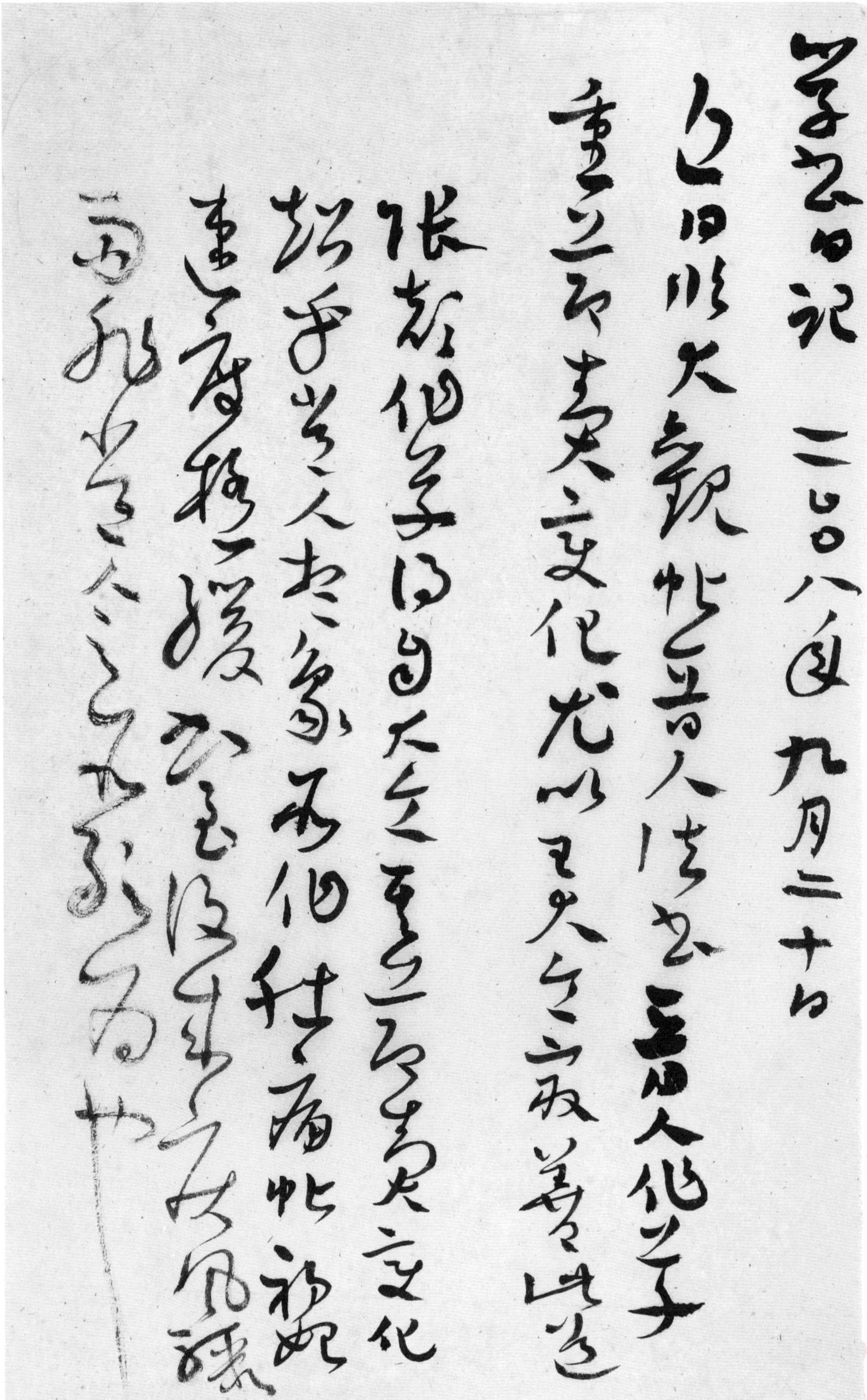

王民德　学书日记（六）　纸本　50cmx80cm　2008

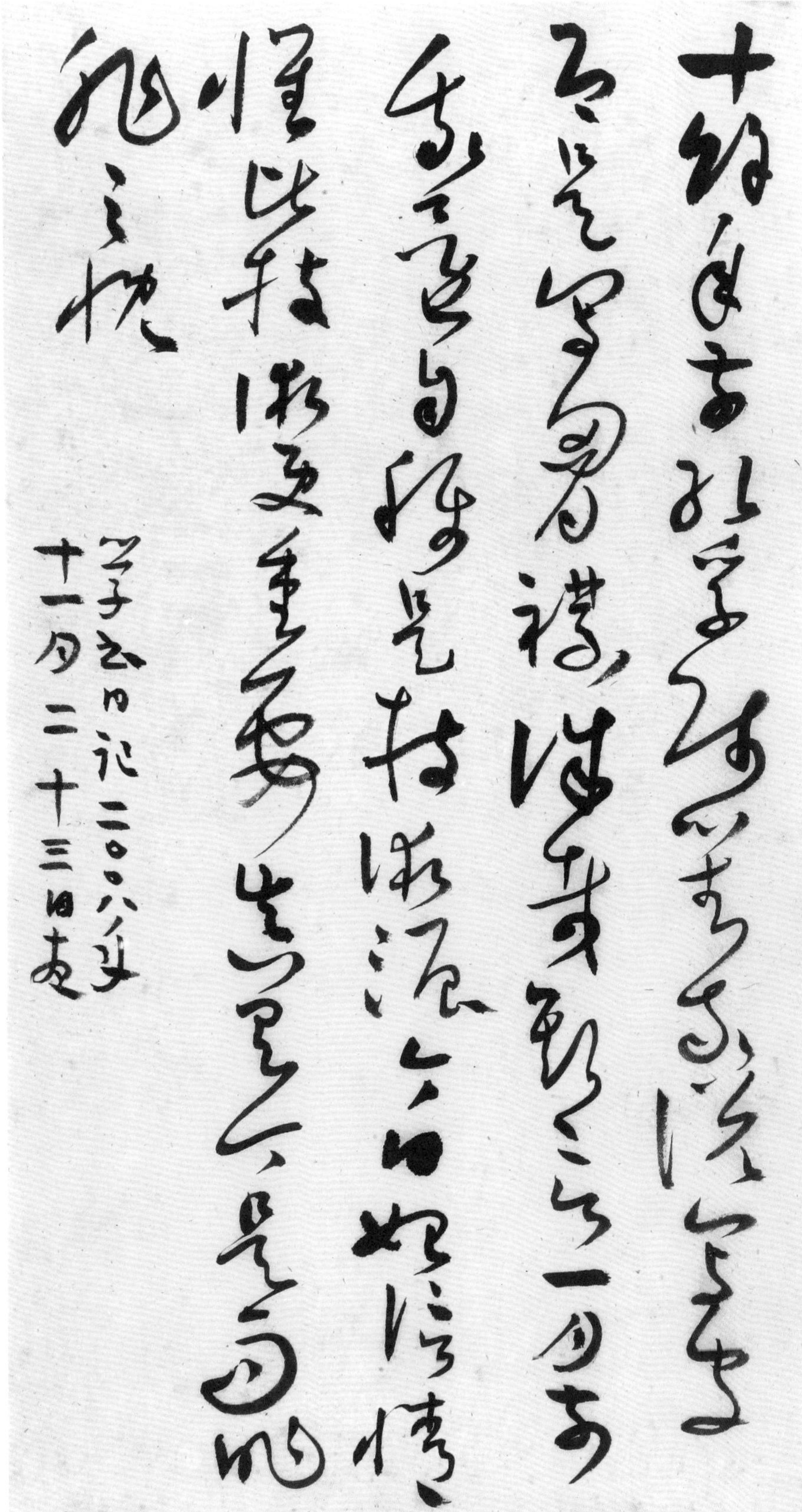

王民德　学书日记（七）　纸本　50cmx80cm　2008

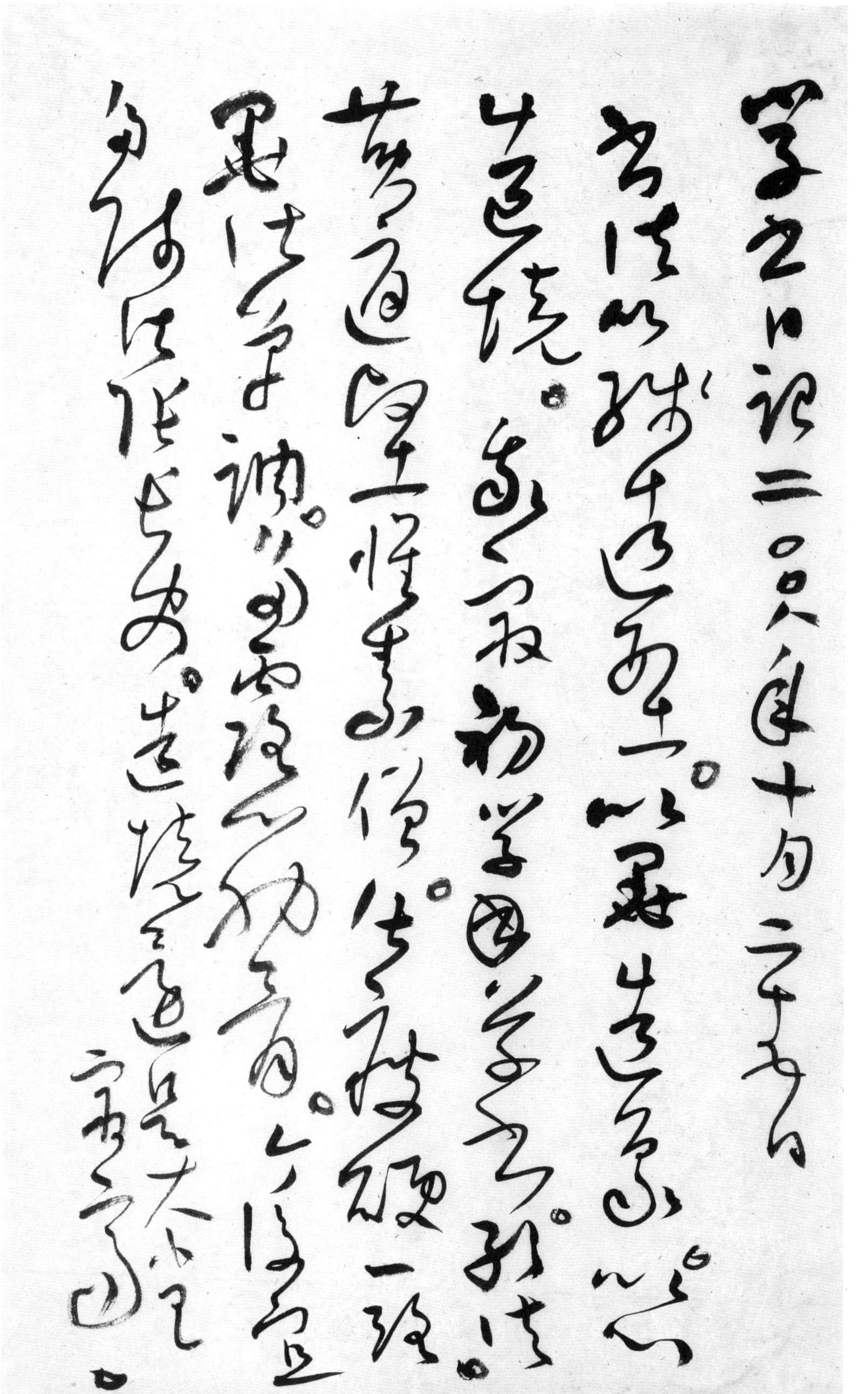

王民德　学书日记（八）　纸本　50cm×80cm　2008

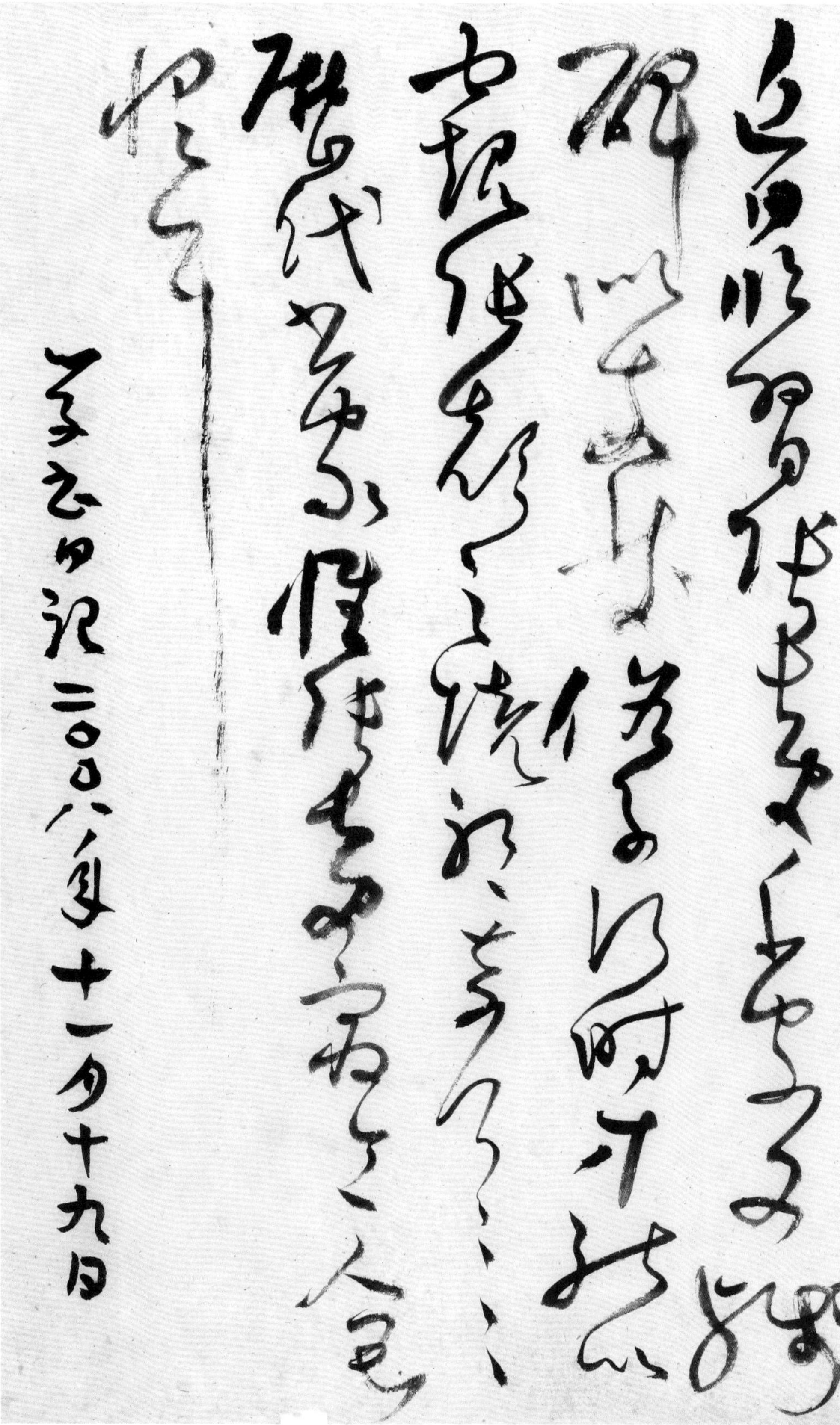

王民德　学书日记（九）　纸本　50cmx80cm　2008

徐光聚

Xu Guang Ju

1974年生于南阳，自幼随彭茂先习画。1997年结业于中央美术学院国画系，现为黄胄美术基金会编辑，炎黄艺术中心展览部主任。

空灵简淡 澄净清凉

Pin yi ju jiao
pinyi culture
文／孙国华

看徐光聚那疏朗、清逸、玄远、旷达、圣洁的绘画，如同品茗，只需静静地品味那份清香与美妙，感受那份宁静、含蓄与深邃，那种别样的“空灵”与“澄净”便会抵达我们情感的最深处，轻轻地击打着我们的心灵。

中国画讲究神似，更讲究意境，所谓“意境”，指的就是画家通过自然、生活物象之描绘使观者情感受到感染而与其产生共鸣，并且以自己的审美、学识和修养领悟作品所蕴含的人生哲理等更高境界。尤其是山水画，更加追求意境的营造。而对于山水画意境的主要表现，大家却是众说不一。我国著名美学家宗白华先生认为：“中国艺术意境的创成，既须得屈原的绵绵悱恻，又须得庄子的超旷空灵。”所谓“空灵”，按照宗白华先生的理解就是意境所包含的“灵的空间”，而这个空间就是画家根据想象所独辟的有灵气往来其间的有机的审美心理场，表现在绘画意境里便是一种空灵之美。因为它的无法界定、无边无际，所以在一定意义上也可以说是庄子所描写的那种“无极之境”，这是一种超脱物象的大化之境。

徐光聚的绘画所追求的正是这种境界，虽然他的笔下所绘物象皆是我们熟悉之物，比如迎面矗立的山头、半山腰的孤树、飞流直下的瀑布、杂树丛生的山丘、掩映树后的楼阁、潺潺的流水、山路上行进的行人和驮马等等，但是表现得却不同于其他的一些山水画家，追求大山大水，或苍茫、或浑厚等等，而是有着自己鲜明的风格——明净舒简、澄澈空灵，但同时又不失苍润圆融；并且整个画面没有粗笔浓墨、大起大落，而是水到渠成如讲故事般的向人们娓娓道来。使人

徐光聚 栖云亭 纸本设色 120cm×70cm 2008

观之，仿佛自己就是画中山间行走的那个人，俨然成为“故事”中的一员，没有宣泄、没有烦恼，怡然自得地享受着那种原始的“绿色”生活。这应该说是画家本人的心性所致，由作品我们便能得知，徐光聚是个与世无争且具有浪漫情怀的人，他用图像诠释着自己对悠然、诗意生活的憧憬和向往；同时也为当下忙碌的人们提供了小憩片刻的精神驿站，我相信这种温馨将永存人们的心底。

他对所绘物象并没有特别的讲究，更多的是强调“画外之境”，紧紧把握着中国艺术特有的含蓄与空灵，以有形之形象传达无形之意蕴。他的山水在很大程度上有宋元山水的构成特征、表现手法及其所体现的审美意蕴和精神境界，在注重皴、擦、点、染等技法运用的基础上，重视心性、情感的表达，追求着宁静、淡泊、清逸的审美理想。大多数作品都以简单的构图、疏朗的笔墨以及极其简化的线条传达所要表现的意蕴，其画面虽然简约疏朗，但却是“无画处皆成妙境地”，疏密关系处理地恰到好处。画中简约空灵带给了观者更多的想象和幻想空间，正如宗白华先生所说：“中国山水画趋向简淡然而简淡中包具无穷境界”。并且徐光聚还化景物为情思、变心态为画面，使之相互交错、层层辉映，虽然寥寥数笔，但却意趣盎然，从而使得整个画面气势空灵、生机流荡，含蓄无尽而又玲珑剔透，赏心悦目而又独具魅力，使人的目光在接触到它的那一刹那立刻就会被其深深吸引和打动。

不同的人对世界、对生活、对艺术的理解方式是不同的，有的人用文字，有的人用音符等等；徐光聚正是用他这种空灵、恬淡、澄净、简约的画面解释着他自己眼中看到和心中理解的世界，抒写着对生活的热爱与赞美，传达着对艺术的独特理解，孜孜不倦地探寻着艺术的真精神和最高境界。他目光如炬、心思敏锐，一开始就以“空灵”作为自己的主要追求和目标，从而使得其画面澄澈明净而又飘渺灵动，使本来宁静的画面仿佛叮咚有声，具有一种视觉听觉化的特殊魅力。

徐光聚　山水局部　纸本设色　2008

徐光聚　云梦渡　纸本设色　120cmx70cm　2008

徐光聚　山水局部　纸本设色　2008

徐光聚　山水局部　纸本设色　2008

徐光聚　宝 华 岩　纸本设色　35cmx80cm　2008
徐光聚　琴鹤山庄　纸本设色　35cmx80cm　2008

徐光聚　风 仙 渡　纸本设色　35cmx80cm　2008
徐光聚　山居秋静　纸本设色　35cmx80cm　2008

徐光聚　平湖闲适　纸本设色　35cmx80cm　2008

徐光聚　墨庄图　纸本设色　35cmx80cm　2008

1963年生，1987年毕业于山西大学艺术系，同年分配至山西师范大学工作，1998年作为访问学者到中国艺术研究院深造，2000年起参加新文人画活动，2004年参加中国艺术研究院陈绶祥艺术教育工作室，现任山西师大书画研究所所长、副教授、硕士生导师。

我心独白

Pin yi ju jiao
pinyi culture
文／赵亭人

“夫画者，本寂寞之道，其人要心境清逸，不慕名利，方可从事于画。见古今之长，摹而肖之能不夸，师法有所短，舍之而不诽，然后再现天地之造化，如此腕底自有鬼神。”白石老人的话道出了从事绘画艺术的真谛，给后来致力于绘画艺术的人们指明了通往艺术最高殿堂的道路。作为其中一名对绘画事业酷爱有加的创作追随者，对此话我深信不疑，也力图朝着这个方向去努力。白石老人还有一句话也是我极推崇的，那就是“越无人识越安闲”。我是个地地道道的北方人，也许是性格性情的缘故，却有着江南人的情结，从骨子里喜欢江南的山水风物和人文环境。那春光明媚中的粉墙黛瓦，烟雨朦胧中的小桥流水，那一山一石，一亭一阁，一草一木，一花一叶都令我羡恋神往。曾几何时，我梦想有了些许“银两”，便在江南一个有“崇山峻岭，茂林修竹，又有清流激湍，映带左右”的地方，置薄田数亩，构茅屋几间；莳兰于东圃，栽竹于西园；插垂柳两行，种碧桃一湾；房前养鸡鸭，屋后蓄豕犬；耕有犁牛，行凭驴辇；农忙时节掩卷荷锄，闲暇之日载酒放船；携子抱孙于杨柳岸，舔笔濡墨于青灯前；秋上塞北，春下江南；时常来三五知己喝茶聊天，间或访一二宾朋解道盘旋；傍花读书，邀月看剑；目送归鸿，手挥五弦；荆妻挑灯碧纱窗下，稚子研墨紫云案前，云卷云舒，花开花残；不管桃鲜，不管梅鲜；三餐淡饭饱腹，四季布衣温暖；举烛即卧，日高尚眠；终老林下，安享天年。回过神来，我知道这是痴人说梦，只不过是一个美好的愿望和梦想罢了，愿望也罢，梦想也罢，即使得不来，我觉得心中有了也就全都有了。但这种心态绝对不是逃避现实生活，而是说明了一个人对其理想的生命状态的追求。每个人不可能生活在一个真空世界里，面对着这个五彩缤纷的花花世界，生存的环境会使我们眼花缭乱，无所适从。但这其中的关键是我们如何调整好自己的心态，把握好自己的生命状态，于物欲横流繁华纷杂生活中有所取舍，能够放得下。说到绘画艺术的创作道路，我知道要想在这条道路上有所作为很难很难，它不仅要有极好的天分，还要靠后天的勤奋努力，如果要想靠这条路去发财，可能不大容易。既然选择了它作为奋斗的目标，那它就是我的精神支柱，就是我的灵魂所依，我的作品就是我心灵的载体，我个性的张扬。画本我心，不能随心所欲不负责任

赵亭人　白水滩记　纸本设色　30cmx64cm　2008

地去出卖它，哗众取宠的做法是我最可恶的。所以我想，每做一事，首先要对得起自己，更要对得起喜爱你作品的读者。仔细琢磨，其实画画不像有些人讲得那么悬，它同农民种田工人做工一样，所不同的是他们带给人们的是物质食粮，而画家带给人们的则是精神食粮而已。艺术创作对从事者来说，追求的是百花齐放，百家争鸣，对于广大受众，环肥燕瘦，各看对眼。譬如听戏，京剧好听，秦腔也好听，京字京韵，百转千回绕柔肠；秦声秦调，慷慨激昂振心扉；生旦净丑，各领风骚。吃饭也同样，淮扬菜好吃，川菜也好吃，狮子头和麻辣火锅各有千秋。人们好恶各殊，我们不必强求。我们只求经营好自己的画，道出自己的心声就行了，尽管绘画艺术这桌艺术大餐是众口难调，不要为讨好哪一些人而去折腾自个，自己要知道自己缺少什么，想要什么。所以，在物质生活追求方面，我觉得钱够花了，房子也够住了，汽车有没有无所谓，埋头读好自己的书，认真画好自己的画，打理好自己的一亩三分地足矣。我时时铭记陈绶祥先生授课时所讲的“受着，挺住，过去”的研修绘画艺术三步曲之教诲，也遵循先生所谈的绘画作品对于受众来说的“侧目，驻足，留心”的三种境界之要领，这些道理受用终生。故读书，行路，师古人，师造化，心追之，手摹之，孜孜以求，经年不舍，不敢有丝毫待慢，西风烈火，凤凰涅槃。诚如是，得老天怜念，有众贤相携，或可能得其真邃一二。松雪道人说“笔墨千古不易”，石涛和尚说“笔墨当随时代”，他们说的都没错。自己的路要靠自己走，我深信理不亏我，道不远人。

赵亭人印象

Pin yi ju jiao
pinyi culture

文 / 王祥夫

在我的印象中，亭人像是有几百岁了，虽然他很年轻。

亭人的眉毛与胡子都很黑，黑与黑不同，亭人的黑是很古气，很厚，最爱看他的笑，笑得很朴厚，只有在笑的时候，才让人觉着他精神中的闪烁。笑的时候，亭人的眸子很亮，用这样的眼看山山水水，山水想必也会一片清朗之气。

说到画家的气象，可以不必先看他的画，看人便也有滋味在里边，亭人便是有滋味者，让人觉着他有好几百岁的岁数，是他的沉定，画家便要这样。如果是鼠窜样的性格，一刻也不肯安定下来，下笔难免茫然，国画家最怕的是妄下笔，一笔妄下，笔笔皆妄，一幅画便会火气逼人了无可看，用毛笔和宣纸作画其实就是修炼，峨眉山蛇精一样地苦苦修炼直至修炼成仙。说到画家修炼，形而下是笔下的功夫，形而上是精神气象，说精神气象好像亦不对，是一种十分复杂的综合，是技巧，是印象，是无技巧，是无印象，直至上升到一种感觉，感觉是什么？是更加复杂的综合，对纸的认知，对颜色的认知，对赭石与秋叶之间关系的认知，对花青与大气之间关系的认知，笔墨功夫与山水云岚之间的厘定。

亭人的山水大多用减法，挂在那里会从许多画作里跳出来，亭人的山水，这里一山，那里一树，皆惨淡经营，不肯多，是简静。看亭人的画，可以感到有建筑的意思在里边，是小小心心，是一点点

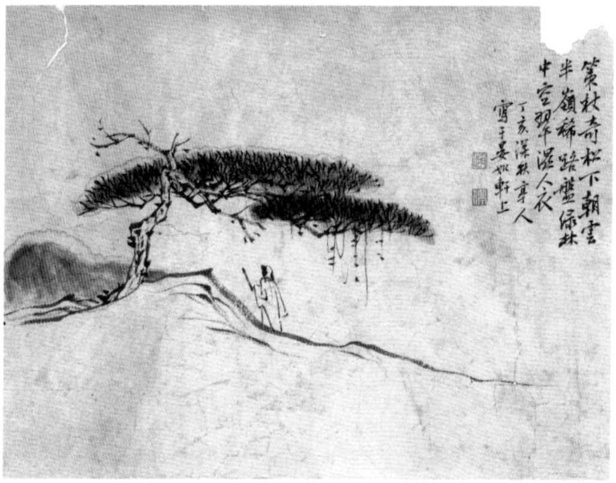

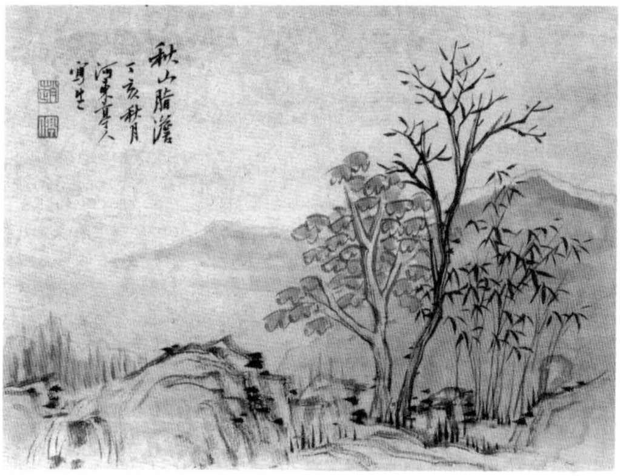

赵亭人　山水册（一）　纸本设色　32cmx45cm　2007
赵亭人　山水册（二）　纸本设色　32cmx45cm　2007
赵亭人　山水册（三）　纸本设色　32cmx45cm　2007

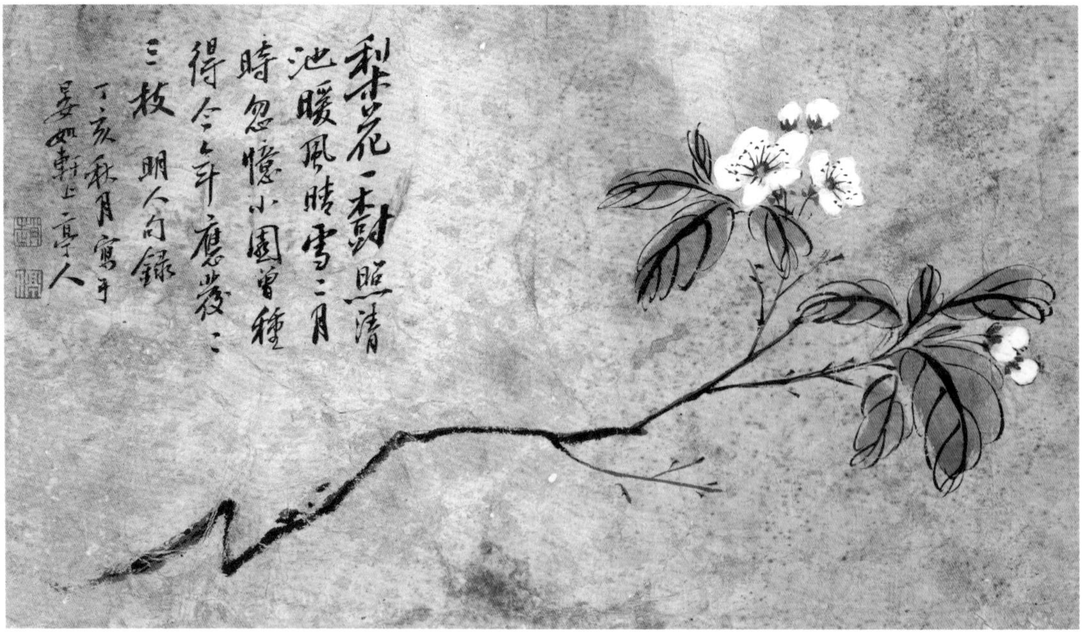

赵亭人 梨花一树照清池 纸本设色 32cmx64cm 2007

不肯放纵。国画是越少越难，越简越难，亭人是胸里先有了，再布施到纸上。我看他的山水，大多是立轴，立轴易于高峻却难于深远。亭人笔下的山不是重重叠叠，而往往是一座两座，而且不是整座山黑兀兀的挺立上去，他笔下的山往往是断山，当然是被那云雾断掉。

亭人的山水下笔拙重，轻盈之笔好像不太多，恰像其人，话很少。而他的山水用色用墨也亦拙重，是简单而引人注意，亭人的画挂在那里，让人体味到简静拙重的意思，但亭人的画可不可以再复杂一些，或者会更丰富。

画家有时候就像是登山者，望着山顶，每个人都想找到一条自己的路，倒不是捷径，艺术原无捷径可走，也不必，国画家便是千年修炼的妖精，并非常人，你要找捷径，那你只能是常人，艺术家是用心在那里走路，一寸一寸地走下去，昂首阔步不是画家的姿态。

我看亭人的画不多，不知他是否曾从笔墨的繁华中走来，也不知他朝哪里走去，看他的画明白一点的是能感觉他在摸索，摸索的精神是伟大的，一个肯摸索前行的人，哪怕迟缓一如蜒虫，也会在器物上留下亮闪闪的一道过痕，艺术家怕的就是不摸索。看亭人的画，如读绝句，有格律在里边，还能让人感到有一个“我”在画里，从“有我之境”到“无我之境”，艺术最终是要走向无我。

赵亭人　欲棹渔舟近钓台　纸本设色　32cmx64cm　2005

江風山月拈來一嘆
甲申冬月
隨緣堂人

大風起兮雲飛揚
甲申冬月 隨緣堂人造境

赵亭人 大风起兮云飞扬 纸本设色 32cmx120cm 2004

赵亭人 江风山月拈来一叹 纸本设色 32cmx120cm 2004

江南池館厭
深紅零落空山
烟雨中却是
北人偏愛惜數
枝和雪上屏風
靜人丁酉于
隨緣堂

赵亭人 数枝和雪上屏风 纸本设色 35cmx45cm 2005

始知春有
色不信朵
無情
靜人

赵亭人 始知春有色 纸本设色 32cmx120cm 2003

赵亭人　解带临清风　纸本设色　34cmx120cm　2004

赵亭人　欲访桃园幽　纸本设色　34cmx120cm　2004

周子曰公生明廉生威士大夫若爱一钱便不值一文
陳簡齋詩云從来有名士不用無名錢甲申盛夏亭人

赵亭人　墨梅图　纸本水墨　34cmx45cm　2005

乙庄
YI ZHuang
中国艺术研究院美术研究所副研究员，中国美术家协会会员，中国书法家协会会员。1999年起，先后在首都师大书法研究生课程班和中央美院国画系进修书法和中国画；2003年考入中央美院中国画写意高研班。2007年就读于中国国家画院首届花鸟精英班。

由水想去

Pin yi xie hua
pinyi culture
文 / 乙庄

水是无色、无味、无臭的液体，它在自然界中以固态、液态和气态三种状态存在。水的性质是灵活多变的，可以化雨、化云、化雾又化冰。水与我们的生活太密切了，生活的空气中有水蒸气，土壤和岩石层中也积存着大量的水，所有动植物机体内都含有水，人体中水含量约占65%，谁也离不开水。

水，柔顺、灵活、雄强、壮观……而水的平常会让我们忽视水的伟大。中国画就诞生于水，想想，平平淡淡的水，始终在中国文化的血脉中汩汩流淌。世界上只有中国画和人类一样诞生于水，以水化墨，以水化色、以水化情。

由此我想起关于水的几个成语：水滴石穿。一个小水滴，力量渺小，可是它常年坚持不懈地滴石，便可穿石。中国画的学习，应与常年不弃的小水滴一样，是要在最基础的训练上作出努力。不积跬步，怎可以至千里。任何一个民族的艺术都有一个基本功的问题。只有扎实深厚的基础支撑，才能支持一位艺术家成长、远涉和成功。这也是我在学习中听到老师讲得最多的问题。这些都提示我们要在基本和根源上付出艰辛的努力。

水到渠成。小水滴经过常年的积累成河、成江、成海……流到哪里，自然成渠。小溪常年奔腾不息，一路欢快地唱着歌，艺术学习是厚积薄发的过程，如小溪一样。有效的积累才会有质的飞跃。且艺术的道路漫长无止境，每上一个台阶等于又到了一个新的起点，前面又是一片新天地。水的灵活启示我们学习不能固守书本的一招一式，最终决定我们艺术高度的是心灵修养。民族艺术在这信息的时代也被冲击着，中国画此时面临着全世界所提供的图像，这些让我们眼花缭乱，这些都给我们提出了问题，我们的创作如何从现代生活中获得感觉，又与现代极其丰富的图形资源相结合。这就要求我们既要敏锐把握现代生活，又要不断地向传统深入学习。学习中不要急于出风格、成流派，因为艺术个性和风格也源于我们内心的积累与升华，是自然的流露。只要按艺术规律做，去积累，最终形成独特的风格才是有价值的。

真水无香。人们把最真的境界比喻为水，我们常讲，大象无形、大音希声，水亦如此，真水是无香的。性情的呈现是那样的真实，如果稍有一点功利和名利之心，我们的作品马上呈现刻意之情。真正的艺术精神，则是心灵赤裸裸的呈现。最高的境界是没有粉饰和雕琢。水的伟大是它的朴实无华，伟大的作品也是不经营不刻意中的轻松呈现。中国画要保持写的艺术，一定要坚决否定制作的作品。画面的用笔是笔笔生发的，书法用笔的承接要像不息流动的水。

上善若水。老子云："上善若水，善利万物而不争。"以水喻人，这是最高境界，不争才能保持自我，瞄准方向，锲而不舍，水滴石穿；不争才能排除功利，积累自我，由技而道，水到渠成；不争才能心平气和，发童心，抒真情，真水无香。水能善下方成海，有了海的能量和胸怀，便什

乙庄　春色芳菲　纸本设色　34cmx35cm　2007

么都可以容纳和超越了，真的走过了从“善下”到“上善”的境界。我们正努力着。水还有许多的特性。在一切固态和液态物质中，水的热容量最大，这一特征对于调节气候具有重大的意义。记得一个朋友说，他崇尚水，要像水一样。在生活中遇到困难时，如果是山走不过去，就要化做云飘过山再变成水，这叫逢山化云。他的言语给我留下了深刻的印象。在我们写生时，老师也给我们讲，看谁能捉住事物的本质，能发现新的题材，使用新的手段，利用新的手段和办法去解决新的矛盾，使艺术因此得以成长。这不也是水的性格么。

如今全球变暖，水平面增高。水也被污染了，预示一切都有被污染的可能。稍不注意可能成为灾难。这又给我提示，信息时代，无论是民族艺术还是个人风格，我们也是时刻审时度势，注意中国画不要变了味道。

水的胸襟，水的奔腾，水的无私等等都给我们启示，值得学习和借鉴。既然选择了关于水的艺术，我们就要思考水的性格，践行水的精神。

乙庄　耐得秋光　纸本设色　34cmx136cm　2008

乙庄　浥露醉花　纸本设色　34cmx136cm　2008

乙庄　数多红云静不飞　纸本设色　60cmx48cm　2007

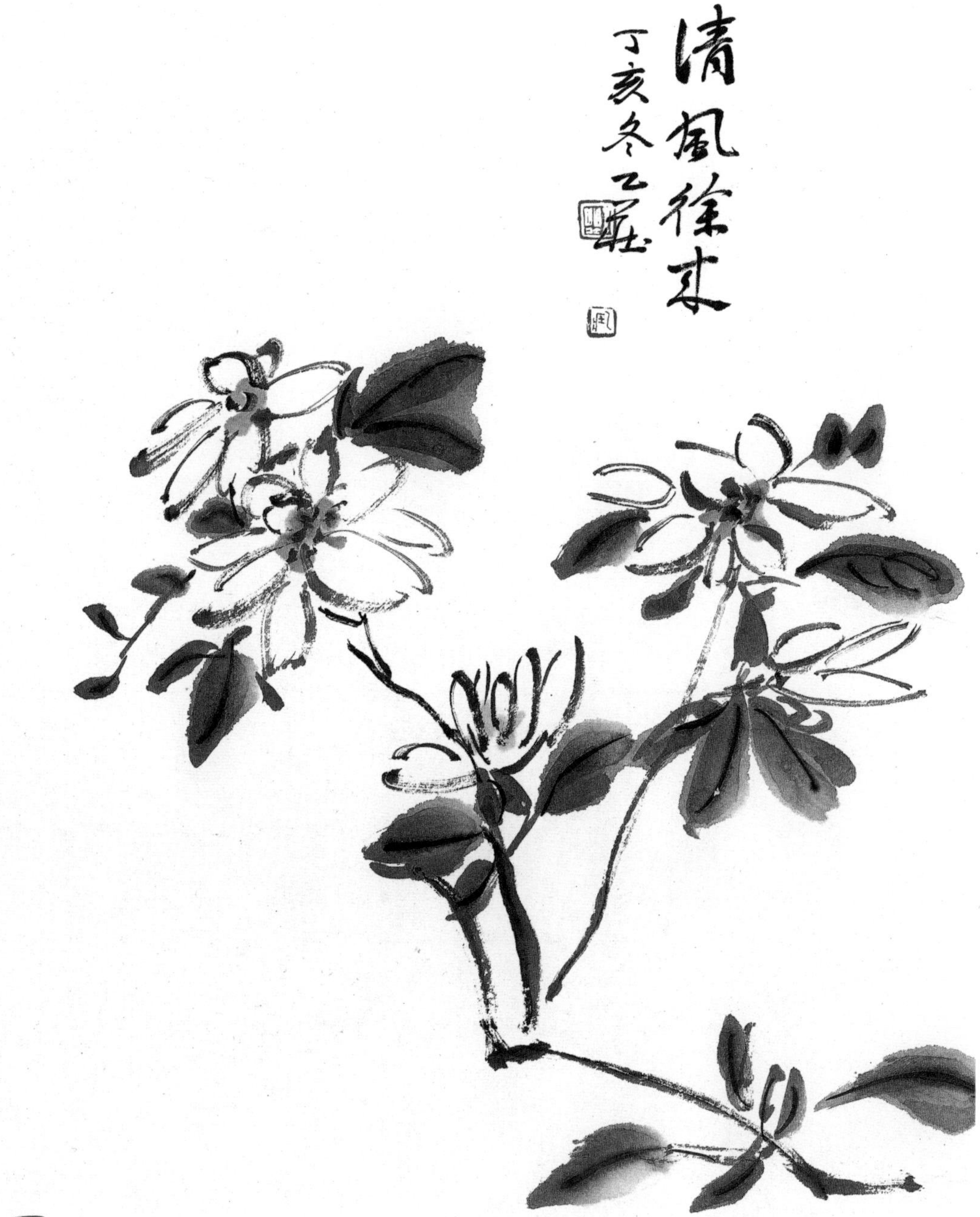

乙庄　清风徐来　纸本设色　60cmx48cm　2007

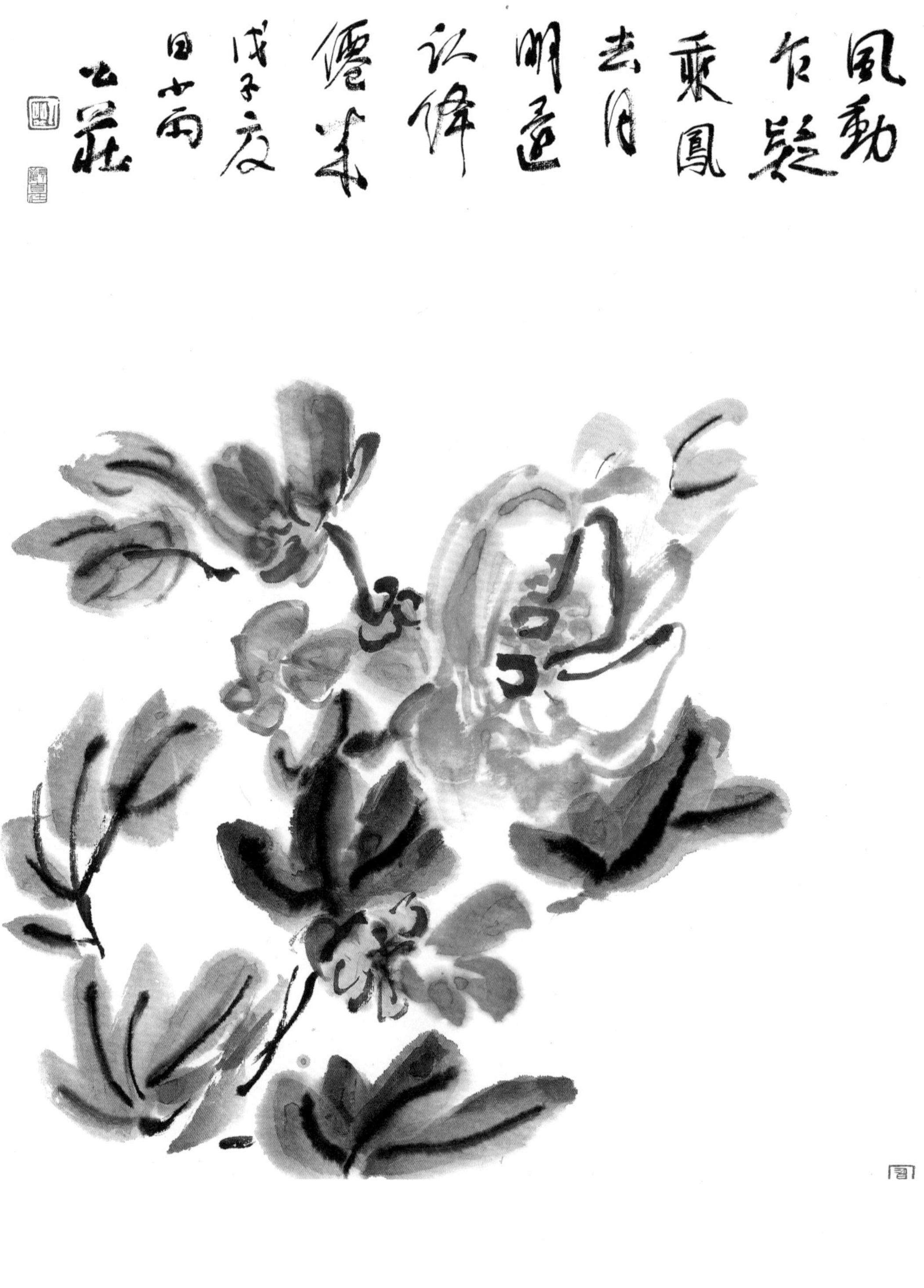

乙庄　风动乍疑　纸本设色　48cmx60cm　2008

乙庄　壶中天地　纸本设色　48cmx60cm　2008

章耀，字古木，号畇芦，又号若畯，生于浙江海宁，祖籍湖州荻港。初从师沈红茶、蒋孝游二先生，后又得姜宝林、孙永、曾宓和陆康先生的指导。现为徐邦达艺术馆馆长、中国美术家协会会员、浙江画院特聘画师、南京书画院特聘画师。

章耀访谈

Pin yi ju jiao
pinyi culture
文 / 郑鹏

郑鹏：我看到您有一方印是关于湖州的，您是湖州人？

章耀：是的，湖州是我的老家。我的父亲年轻时因为工作关系而调动到海宁，我也出生在海宁。杭州、嘉兴和湖州一带史上就被连称为杭嘉湖平原，这里气候条件优越，人文环境醇厚。生活状态自然比较悠闲。因为父亲常跟我们提及老家的事，所以虽然不常回去，也了解一些老家的情况。因为中国人固有的乡土观念吧，我也会关注老家的一些情形，阅读一些家乡出版的关于当地情况的书籍。也因此以当地的地名和桥名等为内容，而篆刻了一些内容关于湖州老家的印章。我的书斋号：墨耕堂就是取自老家的堂号。其实这个名字是很普通的，但因为家乡情结吧，也和书画有些关联，所以就一直沿用了下来。

郑鹏：有没有专门去老家的哪些地方去看过？

章耀：每年我都会去。老家是个很小的地方，在湖州也不是很重要的地方，但是那个地方给我的感觉很好，民风淳朴。我的一些作品中所表现的内容有些就取材于那里的建筑和自然景观。一些建筑已不复存在了，但从我的画还能找到依稀的影子。

郑鹏：赵孟頫也是那里出来的。

章耀：杭嘉湖一带出过不少人才。

郑鹏：您是17岁就开始从事艺术这一方面？

章耀：我是从小就喜欢画画的。父母那时一直提醒要好好学习，虽然现在明白是对的，但当时我是不以为然的，现在才深刻感觉到自己书读得太少了。17岁那年经朋友介绍，认识沈红茶先生。那时红茶先生已年近耄，经历丰富，又极有学养。应该说从拜师红茶先生后，我才是真正开始学习书画。

郑鹏：您当时不是完全学国画的？

章耀：当时因为年轻，什么都想尝试，水彩、连环画我都画过，在跟从红茶先生学画的日子里，我以临摹为主。红茶先生喜欢宋人的石田的，尽管他的画并不直接从宋元入手，但作品里还是可以找到一些影子。我也受到一些影响。

郑鹏：您当时接触沈红茶先生的时候，对他以及国画是什么看法？

章耀：说实话，我当时是对红茶先生的画有些不以为然的，因为觉得他画得不像。构图和笔墨都和我当时理解的不一致。我觉得画得好就是画得像。我喜欢当时比较入时流的画作，比较写实。我把自己临摹的东西给红茶先生看，他当

章耀　扇面（一）　纸本设色　2007

时并没说什么。后来才跟我提了，不要去临摹这类作品，作品要讲求整体性。红茶先生教育我的一些道理，其实都是在后来才慢慢开始明白的。我现在的作品，骨子里是很能看出他对我的影响的。

郑鹏：你的作品题目都很有诗意，是不是跟这位老先生有关？

章耀：对，有一定关系。红茶先生的学问深，也影响到我喜欢诗词，喜欢其中的古意。中国画总是必须具备一些诗意的。

郑鹏：刚才提到书法的问题，我想问一下您对“书画同源”的看法。

章耀：从古直今，一直以来都不主张将书法和画画割裂开来。现在美院的入学考试也考书法。

以前一直以为画画与书法没什么大关联。所以开始画画时对书法是不重视的。最早是学篆书，后来才明白什么都要学，古人留给我们的碑帖都是好的。有的阳刚，有的柔美，有的苍茫，有的灵秀，风格的不同，实际没有好坏之分。我后来选择了和自己性格比较相符的“颜体”。我不是书法家，但我经常练字，一则可以练手，二则更可以静心。

郑鹏：颜真卿的字对基本功的要求还是蛮高的，您当时练的时候存在什么困难吗？

章耀：我练过《勤礼碑》，我认为它的字很规矩，很正气。不过最喜欢的是《麻姑仙坛记》，其中有篆书的味道，线条也更拙，更符合自己的审美。

郑鹏：颜真卿到《麻姑仙坛记》的时候，他的字已经放开了，对笔墨的要求也提高了。

章耀：所以到现在为止，我还在练“颜体”。“颜体”意境深远，所以我会一直努力去追求达到这种境界。因为喜欢就不会觉得辛苦，乐在其中。

郑鹏：您从艺这么多年，在画风上有没有经过很大的转变或是经过几个变化的过程？

章耀：有的。起先是画自己喜欢的，后来学习红茶先生的画风。80年代中期开始跟从杭州的几位老师学画。从熟悉传统技巧开始，从传统入手。“85新思潮”，也对我有一些影响，到90年代才重新回到传统上来。

郑鹏：您对传统这一块比较推崇的是哪个时代？

章耀：其实我都喜欢，因为每个时期都各有特点。宋人非常注重写生，成为中国画史上一个鼎盛时期。元代对于山水有了更深刻的理解，作品各有专精。明代强调“画有士气”，注重文人画。明末清初，则受政治影响，表现出一种消极的意趣。其实创新并非只是一味求异，更不是说和别人画得不一样，就能算做创新。传统永远是创新的前提和基础。

郑鹏：艺术界其实每一个艺术家的作品都可以看作是创新，因为他不可能完全照抄古人的。

章耀：对，每个画家画出来的东西势必因为经历的不同而有相区别的地方。

郑鹏：也就是说您现在还是比较注重笔墨这一块的，那您对于“笔墨等于零”这种观点怎么看？

章耀：只要以自己的方式去创作，自己喜欢就可以了。在符合自己的性格和心态的前提下，自己觉得有道理就做下去好了。

郑鹏：您觉得中国山水画现状如何？

章耀：前几天有个杂志社也要求我用几句话来谈论一下这个问题。这个题目很大，我也缺乏水平来下总结概括。我只是觉得一个真正的好的画家并不是经过几年的学习就能够成就的，要成功就必须有很多的经历。如陆俨少的坎坷经历成就了他与众不同的风格，吴湖帆也因为生活的平静使得他的作品相对来说比较恬美。创作是与生活不能分割的。现在山水画界显得有些焦虑和盲目，静不下来，我也是。

郑鹏：在现在这种情况下，能真正安心作画而不去追随别人的艺术家也很难找了。

章耀：也不完全是，弯路是肯定要走的，走弯路也不全是坏处，至少经历过才能知道什么是有用的。

郑鹏：您对学院出来的学生的创作如何看？我觉得他们经过专业的训练，特别是在同一个老师的指导下出来以后，创作的东西很相似，放不开。

章耀：一开始肯定是免不了的，但是我相信从学院毕业后走入社会，在不同的环境里，还是会慢慢形成个人风格的。一个有见地、有修养和有个性的画家，是不可能一直被人左右的。

郑鹏：对艺术市场您是怎么看的？

章耀：中国画因为有了这个市场，而更接近社会，我觉得是件好事。当然市场的价格不一定能说明画的好坏，好的作品不一定价格就高。毕竟市场只是一定意义上反映受社会喜欢的程度，也许能说明作品是否符合社会的审美需求，但不能真正说明作品水准的高低。

朱德华：你觉得中国当代收藏家群体这么多年积累下来，目前来说眼力等各方面都有所提高，但是还存在问题，你对收藏家群体是怎么看的？

章耀：我认为真正搞收藏的人，都是带着“玩”的心态的。“玩”就是玩自己喜欢的，而不是玩市场上热门的。像钱境塘的收藏里有乡贤的专题，而唐云玩的是野逸的一路如石涛、八大山人和扬州八怪的作品。这样的收藏才是真正的收藏，真正的收藏本意肯定不会局限于能否升值。但现在的收藏家群体中，有很大部分人考虑的只是利润的问题。如果一旦因为某些原因，亏本了的话，那积极性就没有了。我想这些人从严格意义上说，是不能被称作收藏家的。

郑鹏：目前国画市场这一块在操作上还是存在问题的，您认为我们应该如何调整国画市场？

章耀：这个我很难提出什么建议。我个人以为不管是收藏机构，还是企业家个人搞收藏，最

章耀　扇面（二）　纸本设色　2007
章耀　扇面（三）　纸本设色　2007

关键的还是要着眼于提高欣赏水准上。单纯的跟风，有可能赚钱，但也可能折本。毕竟市场是不断变化着的。

郑鹏：您目前这一段时间比较关注哪一块？

章耀：我除了画画，还喜欢看一些与画画有关的闲书，比如明清的一些笔记类书籍。

朱德华：我听说，如果对当代山水画进行分类的话，你还是比较倾向于比较文气一点的。

章耀：作品表面文气一点的，也许画家本人内心很张扬狂野。我们画画是能调节心态的。现在整个社会节奏都快，压力也大，这样就需要一些东西来平衡。画画就是一种很好的调整方式。对我来说，画画是我真正热爱的事，所以并不十分介意别人的评判。

朱德华：谢谢接受采访，谢谢！

章耀　山水　纸本设色　48cmx60cm　2008

章耀　不是故乡人　纸本设色　48cmx60cm　2006

章耀　访古探幽　纸本设色　48cmx60cm　2006

展览 / 市场 / 新闻 / 文摘

张立辰从艺50年、教学35周年汇报展

由中国美协、中国美术馆、中央美术学院和中国美术学院等联合主办的“笔墨张立辰画展”于2008年9月17日在中国美术馆举办。此次展览展出了近200件精品，学术性极强，对于高等美术院校的中国画教学将起到积极的指导作用。中央美术学院院长潘公凯先生认为张立辰先生的笔墨继承了中国文人画传统笔墨体系，是正宗的继承者。

中央美院成立90周年庆典隆重举行

10月18日上午，中央美术学院建校90周年庆典大会在中央美术学院隆重举行。中国美术学院院长许江、美国芝加哥艺术学院院长托尼•琼斯分别代表中外美术学院致辞祝贺。许江表示，中央美术学院的90年是一段维系着众多牵连的历史，是一代代中国近现代美术大师和美术教育家的心血和缩影。著名艺术家陈丹青也代表校友向母校致辞。

“学院与艺术”——吴作人百年诞辰纪念展

由中国文化部、中国文联及中国民盟共同主办的“学院与艺术——吴作人百年诞辰纪念展”于10月19日至10月28日在中国美术馆举办。展览通过一位大师的艺术教育的轨迹，来展现中国近代美术的历史，以及近代爱国艺术家们力图救亡图存和复兴中国文明的精神。

北京云峰美术馆开馆

作为北京云峰画苑新总部的云峰美术馆于10月25日开馆，云峰美术馆坐落于北京朝阳区观音堂文化大道，总面积达15,000平方尺。开幕当天艺术各界人士前去祝贺，云峰画苑创办人郭浩满先生也亲自到场主持开幕式。

“陆俨少百年展”今在中国美术馆隆重开幕

今年是已故国画大师陆俨少诞辰100周年。为了缅怀这位艺术大师，展示大师的艺术成就，“陆俨少百年展”于10月31日在中国美术馆开幕，此展是“陆俨少先生诞辰100周年系列活动”之一。此次中国美术馆的展览特意精选出了陆俨少50—60年代、70年代、80—90年代三个不同时期的精品力作150余幅，充分、完整、全面地予以展示国画大师陆俨少一生的创作历程和艺术风貌。同时北京站的活动，还将邀请郎绍君、薛永年、范迪安、万青力、水天中等一批国内知名美术理论家，开展相关学术研讨活动。

“‘古色琅园’—— 汪为新书画艺术展”开幕

“‘古色琅园’——汪为新书画艺术展”定于2008年11月21日至30日于湖北美术学院美术馆开幕。展览共展出汪为新近年来的山水、花鸟、人物及书法作品共100余件。此次展览是应湖北美术学院之邀举行的，媒体称这个展览是学院举办个人画展以来最成功的展览之一。协办者称这批作品还将在全国其他艺术院校作巡回展。

汪为新是这个时代里非常注重个人修为的艺术家，多年来在诗文书画各个领域都有自己独到见解。

“宁静的溯求——从写实到抽象”艺术展

11月22日“宁静的溯求 从写实到抽象”艺术展在北京地坛公园的一月当代画廊展出，展览共展出16幅绘画以及2件雕塑，作品来自边平山、朱青生等三代18个艺术家。他们在摆脱了学院的写实训练后，找到了敏感而有力的抽象语汇，来表达各自的观点。开幕式后第二天召开的同主题研讨会以艺术家本人对作品的阐述和分析为主。

《中国美术大事记》三周年纪念活动在京举行

为了纪念《中国美术大事记》出版发行三周年，由中国美术大事记编委会主办的《中国美术大事记》出版发行三周年纪念系列活动于2008年11月26日在中国北京中华世纪坛举行。该活动以“记录历史”为学术诉求，举办了由邵大箴主持的学术座谈会。

“从纽约到北京——陈丹青、马可鲁、冯良鸿画展”开幕

由今日美术馆主办的“从纽约到北京——陈丹青、马可鲁、冯良鸿画展”12月6日在今日美术馆开幕。画家认为这项展览既与观念、风格、画路无关，也不是关于当代艺术或任何名称的艺术，而是关于信念：在不同的时间和城市，做自己热爱的事。

“传承与守望——翁同龢家藏书画珍品展”开幕

由中华世纪坛世界艺术馆、中国嘉德国际拍卖有限公司和文物出版社共同主办的“传承与守望——翁同龢家藏书画珍品展”于2008年12月10日在中华世纪坛世界艺术馆开幕。

本次展览将展出50件翁氏所藏的中国书画精品，其中大部分是首次与公众见面。展品以明清文人书画作品为主，包括沈周、文征明、董其昌、项圣谟、陈洪绶、朱耷、清代“四王”、恽寿平、华喦、金农等。

第七届全国美协代表大会召开

中国美术家协会第七次全国代表大会于12月11日在北京召开，出席的代表经由各省、市、自治区美协，中直系统和部队等团体会员党委民主推选产生的，共计421人。香港、澳门特别行政区推荐的美术家首次以正式代表的身份出席，这也是中国文联各文艺家协会全国代表大会首次接纳香港、澳门代表。本次会议回顾和总结了第六次美代会以来的工作，分析当前美术工作面临的新形势，规划部署今后五年的任务，以及修改中国美协章程。大会选举产生了中国美协新一届领导机构，其中刘大为当选美协主席，王明明、潘公凯等为副主席。

“春色入毫楮——吴悦石迎春画展”在大连举办

由中国国史研究编修馆和大连市美术家协会主办的“春色入毫楮——吴悦石迎春画展”于2008年12月27日至12月30日在大连市图书馆白玉美术馆举办。本次展览作品共计150幅作品，均为吴悦石先生2008年新作，作品将全面体现吴悦石先生在书画艺术领域成就。

艺术品“按官论价”？荒唐

近日，某省书法家协会对外公布了一张会员作品润格表，其中按“省书协会员、理事”、“省书协副主席”、“中国书协会员”、“省书协主席和中国书协理事”5个等级“官阶”来分级论价，如会员作品的价格是：每平方尺300元至500元，书协主席的是：每平方尺2000元至3000元……

时代真是大大地进步了，艺术创作这种纯粹的个体劳动也“公私合营”了，书画交易呢，也“浮出水面”，成了市场行为。市场经济不是问题，问题在于孳生出不少腥了市场经济这锅“高汤”的“潜规则”。以官级大小、职位高低来确定润格即“按官论价”，恐怕就是“潜规则”之一种吧。

其实，艺术品是创造品，并非完全意义上的商品。创作者的个性迥然，作品个性亦自有差异，其价值怎能简单地立规矩，遑论依据官级职别来确定价格？荒唐！

要紧的是，时下很多艺术领域都存在此类“官大文字贵”的倾向，或者说现象。这是严重违背艺术发展规律的。著名画家吴冠中有言，全世界就没有一个国家有这样的艺术家协会，把各行业的艺术家分成三六九等的职称。作家也分一级作家、二级作家（与“科级和尚”、“处级住持”何异？），笑话！如此下来，市场竞争氛围岂能公平？而出名的想要钱，未出名的总想炒作自己、卖官鬻爵，谁还潜意修炼，一心艺术？

摘自：《沈阳日报》

全国美展权威性下降？

“我坚决不参加全国美展！”近日，在广州岭南画派纪念馆举办的“中国现代人物画邀请展”学术研讨会上，一位画家在发言时作如是表示。

全国美展对很多画家来说，意味着地位、荣耀以及其他诸多好处。这名画家缘何不愿意参加全国美展？这名画家没有细说。但根据记者的了解，周围存在着无数做梦都想着进全国美展的人。多少人几十年磨一剑，紧盯着的就是全国美展；每次全国美展举办在即，许多“画外功夫”也开始施展，为的就是能够进入展览。

最近几年，关于全国美展的议论也多了起来。今天该如何看待全国美展？参加此次研讨会的深圳美术馆艺术总监鲁虹说，中国水墨界有两个圈子，一个叫主流圈子，也叫体制内圈子，主要成员是画院画家、大学在校美术教师、美协会员等。为什么要参加全国美展？一是出于艺术信仰，但这部分人不多了；二是功利因素，我们国家规定，只有参加全国美协、文化部主办的展览才最有效——对于分房子、评职称、加工资，有决定性作用，所以现在这些人打破脑袋也要参加全国美展。也许有的人二者兼有。此外，部分人员是有责任和义务参加的。第二个圈子，非主流圈子，也叫前卫圈子。

中央美院教授邹跃进说：“现在有人批评全国美展，原因之一是这个机制在艺术上存在很多禁忌，不开放。”邹跃进说，里面的人也不愿意突破它、超越它，尤其是思想观念上，要符合主流，起码和主流不矛盾。邹跃进认为这是一个体制的问题，但现在已经由单一的体制变成多元了。

摘自：《羊城晚报》

张大千刘海粟谁发明了“泼彩”

张大千和刘海粟的“泼彩”到底谁是发明者谁又是后学者？这是中国画坛的一段“公案”。迄今为止，对于这段“公案”存在着两种基本评判。一种意见认为：张大千是发明者，刘海粟说自创是由于好胜。持此见者以谢稚柳先生和傅申先生为代表。第二种意见认为：这种“专利权”归属问题的争论没有意义，而对刘、张“泼彩”分别所具有的独特之处的比较研究更有意义，徐建融先生和董欣宾老师都专门谈到过这个问题。

笔者在赞同第二种意见的同时，也很遗憾这种“有意义的比较”没有很深入地进行。

笔者认为，刘海粟的“泼彩”与张大千的“泼彩”最为本质的不同，正如他们在中国现代美术史最终的类型归属一样，一是“融合主义”，一是“传统派”。

刘、张“泼彩”的类型之别源自三个方面的不同：一是他们的艺术历程不同。简言之，刘中西兼能，而张是传统画法的集大成者。

二是触发他们产生这一创新的原因不同。张大千开始画“泼彩”是在巴西时期，傅先生认为是由以下三个原因触发的：1、眼疾为主要近因；2、西方当代艺术的接触与刺激；3、自我求变的精神与知友的激发。笔者认为，其中最主要的动因还是为了寻求生存发展的空间：“五十岁以后，在西方国家长达二十五年之久，……尤其是他曾有意打开西方的艺术市场。故也存有迎合西方艺术潮流的心理。”对刘海粟来说，这只是他在艺术上一贯坚持的“中西融合”之路水到渠成的结果。

三是他们熔铸“泼彩”之法的切入途径和内在构架不同。这一点是最重要的，它包括两个方面。首先是他们的“泼彩”法中所传承的中国传统绘画元素的异同。同的方面是，他们都传承了杨叆和张僧繇的没骨青绿法（这中间与吴湖帆也不无联系）。但他们步入大传统的法门却大异其趣。张大千在切入传统的最初，就醉心于丰富多样的技法和图式，一手以假乱真的仿古绝活可谓颠倒众生。而刘海粟深入古人堂奥，是为了从传统图式中抽离出的富于个性表现力的笔、墨、色，作为他自己抒发激情的元素，注重的不是技法，而是“人”！其次是他们在“泼彩”法中借鉴和结构西方现代艺术元素的不同视角、不同方式和不同的生成过程。张大千的“泼彩”从画面效果上来看，的确与西方的抽象表现主义有惊人的貌合之处，而且非常的优美。但若细细分析它的内部元素和构成法则，则发觉在那汪洋流淌的墨色之下，就是他早以烂熟于心于手的那些山水图式。而刘海粟的泼彩之法，是从张僧繇没骨法中抽出了中国色彩法“随类赋彩”的原则，与西方后期印象主义和野兽派的用色和造型原则做有机的融合。简单地说，张大千是外部图式的不断变化转换，刘海粟是内创结构的日渐饱和凝结。一种是拼合，一种是化合。

摘自：《墨痕》 文/惠兰

决澜瓷坊

JUE LAN CI FANG

地址：北京市朝阳区大山子环铁艺术城C库59号

电话：010-64312088

Email：juelanhs@163.com

网址：www.juelancf.com

历史上，从来没有那个行当像瓷器这样涵盖了这样多的内容：政治、经济、文化、科技、人文、道法，也不像瓷器本身涉及了这么多的审美范畴。总之中国的瓷器史差不多就是一部文化史，以至于就是中国的代名词。时至今日，已往的已成了已往，顺着千年窑火的余韵，我们除了欣赏、赞叹、满足于历史所创造的历史之外，无言以对那些曾经的朴素于绚烂之极的瓷器历程。民国之后，我们已经看到作为当代乃至现代，由于缺失了真正文化意义和审美意义上的双重教养，不容置疑的是我们还在缺失。决澜瓷坊不是一个真正意义上的作坊，而是旨在组织一批当下优秀的艺术家参与、介入瓷器表现和表现瓷器。中国的瓷器虽只有釉上与釉下两种表达方式，但却创造了多样的表现形式，它的多样性也同样给了当代艺术家无限可能以及对话传统经典的勇气。

当代中国画名家作品适时行情

	画家	画种	画价（元/平方尺）
B	边平山	写意	8000
	毕建勋	人物/创作	10000 / 20000
	白云浩	人物	3000
C	陈　鹏	花鸟	5000
	陈永锵	花鸟	8000
	陈　子	人物	10000
	陈　平	山水	50000
	陈向迅	山水	10000
	陈国勇	山水	10000
	陈钰铭	写意	10000
	陈传席	山水	12000
	陈玉圃	山水	12000
	崔子范	花鸟	40000
	崔晓东	山水	10000
	崔振宽	山水	10000
	崔如琢	山水/花鸟	120000/60000
	崔　海	水墨	6000
	程大利	山水	15000
D	杜滋龄	人物	20000
	丁立人	人物	12000
	丁中一	山水 / 人物	5000
	戴　卫	山水	10000
	董良达	山水 / 牡丹	12000 /10000
F	冯今松	花鸟	8000
	冯　远	人物	30000
	冯大中	写意 / 工笔	20000 / 100000
	范存刚	花鸟	3000
	范　曾	人物	60000
	范　扬	山水	10000
	方楚雄	花鸟	20000
	方增先	人物	30000
	方　骏	山水	10000
	方　向	山水	12000
	房新泉	花鸟	6000
	傅廷煦	山水	3000
G	郭怡孮	花鸟	20000
	郭石夫	花鸟	20000
	郭全忠	人物	6000
	高英柱	花鸟	3000
H	霍春阳	花鸟	20000
	何水法	花鸟	30000
	何加林	山水	30000
	何家英	写意	90000
	胡　石	花鸟	8000
	韩　羽	人物	12000
	怀　一	人物	4000

	画家	画种	画价（元/平方尺）
	黄永玉	写意	50000
	海日汗	人物	8000
J	江文湛	花鸟	8000
	江宏伟	工笔	30000
	贾浩义	人物	15000
	贾又福	山水	100000
	季酉辰	写意	8000
	纪京宁	人物	6000
	姜宝林	花卉	12000
	蒋世国	山水 / 人物	4000
	靳卫红	人物写意	4000
	金心明	人物	4000
K	孔戈野	山水	5000
	孔维克	人物	6000
L	李文亮	大写 / 小写	5000 / 8000
	李宝峰	人物	6000
	李世南	人物	16000
	李　津	人物	12000
	李　桐	人物	8000
	李水歌	花鸟	4000
	李少文	人物	30000
	李东伟	山水	10000
	李乃宙	人物	8000
	李健强	山水	4000
	李孝萱	古人 / 现代	15000 / 35000
	李世苓	花鸟	5000
	李一峰	花鸟 / 山水	5000 / 8800
	林　墉	人物	25000
	林容生	山水	10000
	林海钟	山水	12000
	林　伟	山水	4000
	刘文西	人物	40000
	刘大为	人物	20000
	刘二刚	人物	10000
	刘进安	人物	12000
	刘庆和	人物	30000
	刘国辉	人物	20000
	刘明波	山水	4000
	刘勃舒	写意	15000
	刘　墨	山水/ 花鸟	6000
	刘贞麟	花鸟	2000
	雷子人	新古意人物	10000
	梁占岩	人物	15000
	龙　瑞	山水	25000
	卢禹舜	山水	30000
	老　圃	蔬菜	4000